故事館

故事館

故事館

故事館

家守神 1

暗藏神祕的百年之屋

家守神1 妖しいやつらがひそむ家

扇柳智賀【著】
富井雅子【繪】
緋華璃【譯】

佐伯家
浴室
父母的房間
盥洗室
廚房
客廳
關

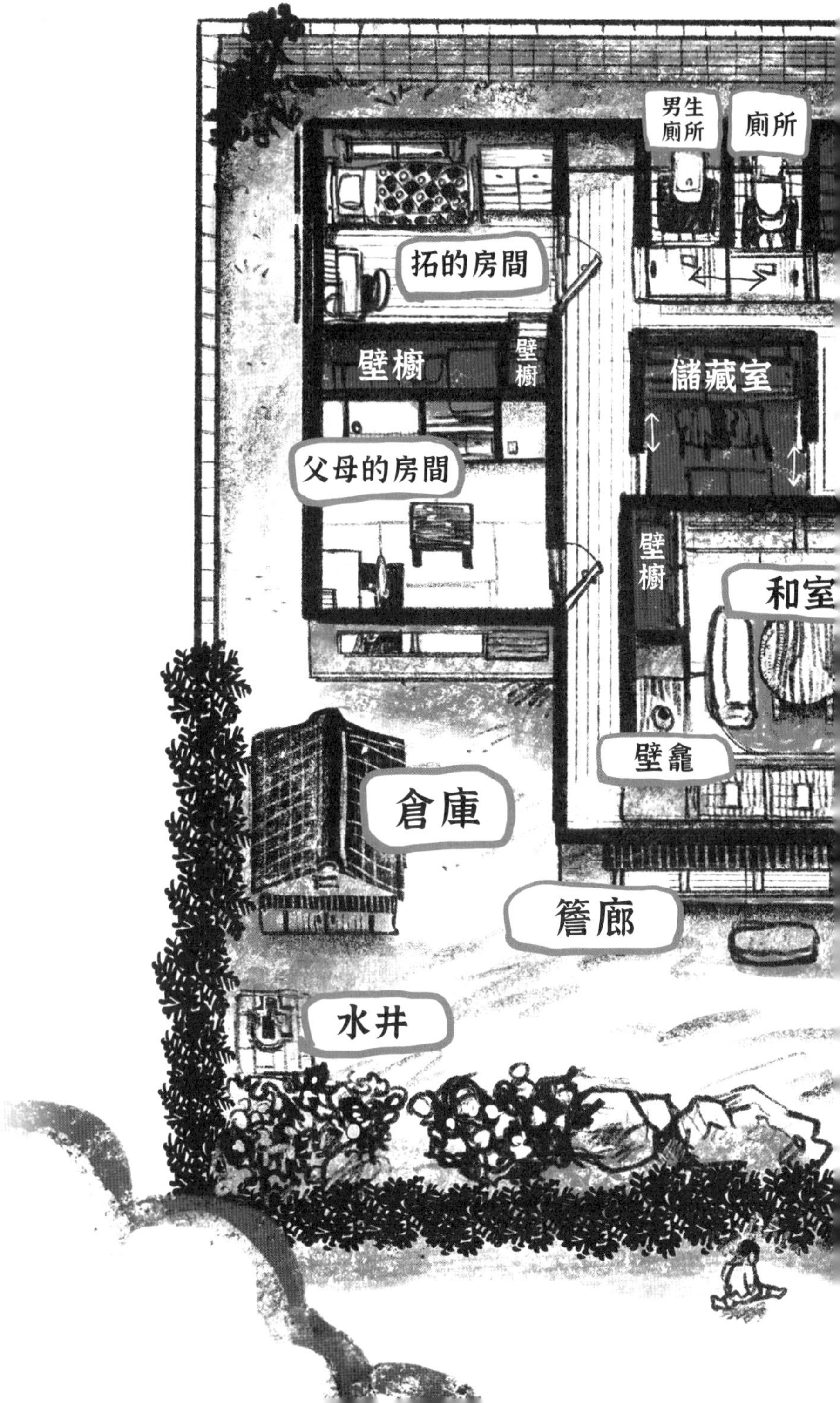

男生廁所
廁所
拓的房間
壁櫥
壁櫥
儲藏室
父母的房間
壁櫥
和室
壁龕
倉庫
簷廊
水井

目次

「付喪神」是指附在經歷上百年歲月的陳舊器物上之靈魂。通常是從被人用完丟棄的器物上伸出手腳，其中也有繪畫的圖案動起來，化為人形的例子。除此之外，要讓靈變成守護神，繪師也需要具備特別的天賦。

《面妖的日常》三枝面妖／著

第1章 鶴與龜的異象

從早一直下的雨總算停了，放學後天空一片蔚藍。

走出校舍，熾熱的陽光照射在我身上。

我——篠田拓。迅速穿過被下課學生擠得水泄不通的校園。

有人用雨傘戳來戳去玩鬧，但我已經五年級了，還拿雨傘打鬧也太幼稚。不過，我也沒有一起回家的朋友，只能默默邊擦汗邊走。

天氣好熱啊……

走在積著水窪的馬路上，過了一會兒轉過街角，有一棟灰色的建築物，坐落在一堆鱗次櫛比的新房子裡，那是我住的公寓。前陣子看房子的人，臨走前還對房仲說：「房子採光太差了，榻榻米和壁紙都好廉價。」

正當我想到這件事，心不在焉的往前走時，頭頂好像有個白色的東西在發光。那個東西輕飄飄、緩緩的落在水窪中。

走近一看，是一根羽毛，鳥類的羽毛。

鳥？我抬頭想看清楚是什麼鳥。

哇！太陽好刺眼。

我下意識用手遮住陽光、瞇起雙眼，眼角餘光瞥見那個東西大大的動了一下。我嚇一跳，緊張的揮手推開……

「噫！」

出現在我眼前的，居然是……鶴！

鶴站在水窪上。

雖然我只有在電視或圖鑑上看過鶴，可是看那細細長長的脖子和腳、白色羽毛等特徵，肯定是鶴沒錯！

這裡是日本千葉縣的鄉下小鎮，雖然偶爾可以看見野鳥，但一向都是小型鳥，況且這附近也沒有動物園。不對，這些都不是重點……

我大概是在做夢，不然就是產生幻覺，再不然就是熱昏頭了。

因為……我可以透視鶴的身體，看到對面的東西！

半透明的鶴，正以緊盯獵物的雙眼，惡狠狠的瞪著我。

好強大的壓迫感，我是不是應該逃跑比較好？可是我彷彿被牠的眼神釘在原地、動彈不得。

剎那間，鶴突然踏了一下水窪、張開翅膀，朝我飛來了。銳利的鳥喙逼近我眼前，牠要啄我嗎？

「哇啊！」

我緊縮脖子，雙手在臉前亂揮，試圖想趕走牠。

咦？什麼也沒摸到……

我的手穿過鶴的身體，臉也撞上……但是沒有任何觸感。這時，我聽見有人說話的聲音——你看得見我？

回過頭，鶴已經飛舞在高空中。

牠剛剛是不是……穿過我的身體？還沒來得及反應，半透明的鶴變得越來越小，消失在遠方的天空。

不不不，這一定是我的錯覺，是我聽錯了。

藍天倒映在水窪裡，彷彿什麼事也沒發生過。

詭異的事情還沒結束。

隔天放學，我家公寓前出現一隻烏龜，牠身長大約三十公分，尾巴長著茂密的毛，好奇怪的烏龜。我心想，可能是從鄰居家裡跑出來的，正準備要伸手抓牠時……

「是烏龜！」

一群低年級的小男孩，從我背後衝出來，圍著烏龜吱吱喳喳。其中一個男生抓起龜殼，烏龜揮舞頭腳，用力掙扎想逃開。

「帶回家養吧！」

「咦？養烏龜當寵物也太遜了吧！」

「喂，這隻烏龜的尾巴好奇怪。」

這次，換另一個小孩戳龜殼，烏龜瞬間收回頭腳。

「喂，帶我們去龍宮城！」

「傻瓜，只有浦島太郎才能去龍宮城啦！」

他們好像吵起來了。我忍不住插嘴：「喂，放開那隻烏龜！」

「出現了！」

「哎呀！是浦島太郎，快逃！」

「看我的。」

男孩們把烏龜塞進我懷裡，一窩蜂跑走了。

我用肚子接過烏龜，沒站穩往後退了幾步。笨拙的模樣，我該不會真的要變成浦島太郎，被帶到龍宮城吧！

不過，能救到牠真是太好了。因為剛才男孩們圍住這隻烏龜時，牠一直看著我求救，我實在無法假裝沒看見。

烏龜大概知道自己得救脫險了，伸出頭、抬頭看著我。

兩隻黑色眼睛水汪汪的，真可愛。

雖然我住的公寓禁止養寵物，但是有人養鳥，所以養烏龜應該也沒問題吧？等媽媽下班回來，再問她好了。

「你要來我家嗎？」我情不自禁的對牠說話。

此時，我又聽到說話聲——小少爺真是個好人。

「什麼？」

這隻烏龜是不是說話了？牠嘴巴確實在動，但這怎麼可能……會不會是剛好旁邊有人在說話？我四處張望，但沒有看到其他人，應該是我聽錯了吧？

我重新打起精神，抱著烏龜走進公寓，我家在一樓走道的最裡面。

打開門，我朝沒有半個人在的屋子，喊一聲：「我回來了。」

我和當護士的媽媽，兩人相依為命，住在這棟兩房的公寓，而爸爸在我五歲的時候過世了。

放學回家後，我總是一個人等媽媽回來。倒也不是寂寞，只是我從以前就想養寵物。

就決定是這隻烏龜了，不能讓牠在廚房或榻榻米的房間裡，爬來爬去，必須準備一個水槽。問題是，買一個水槽要多少錢啊？我的零用錢只剩下不到幾百塊，如果拜託媽媽，媽媽會買給我嗎？

總之在媽媽回來以前，我決定先讓牠待在陽臺上。

「這裡是我家，雖然有點小，卻是我最能放鬆的地方。」

我把烏龜放在陽臺晒不到太陽的地方，對牠說。

烏龜一句話也沒說，這樣才對嘛！牠怎麼可能會說話，剛才肯定是我聽錯了。

對了，餵牠吃點東西吧！我以前在神社的池塘裡看過烏龜，牠們好像是吃魚。我走進廚房，打開冰箱，裡面沒有魚，只有小黃瓜，但喜歡吃小黃瓜的，好像是鈴蟲還是河童啊……可是除了這個，我也想不到烏龜能吃的東西了。

於是，我拿著小黃瓜回到陽臺。然而，原本應該待在陽臺的烏龜卻不見了……

「咦？」

我搬開盆栽尋找、從陽臺上探出身體找，卻到處都看不見烏龜的身影，難道牠逃走了？唉……難得我決定養寵物的。

當週的星期六，平常我們都在廚房的小桌子上吃飯，但今天移到榻榻米房間用餐，桌上擺滿各式各樣的菜餚。

可樂餅、高麗菜絲、涼拌芝麻菠菜、還有豆腐和海帶芽味噌湯，都是媽媽的……不對，是佐伯叔叔親手做的料理。

佐伯先生是媽媽的男朋友，經常來我家玩，做飯給我們吃。每次都穿同一件馬球衫，看上去有點土裡土氣，是個很溫柔的男人，年紀好像比媽媽稍微小一點。

「可樂餅好好吃啊！」

「是吧！因為我加入了獨門祕方。」

「什麼祕方？」

他們兩人其樂融融的交談，我卻在一旁默默的吃飯。

佐伯叔叔的身後，可以看到爸爸和我的照片。我的目光離不開五斗櫃上方的相框，那是我五歲以前過七五三節的時候，媽媽拍的照片。

在那之後沒多久，爸爸發現自己得了肺癌，隔年就過世了。照片中的我，完全不知道未來會發生這種事，還穿著兒童的西裝，繫著領結，無憂無慮的拿著千歲飴（七五三節時，父母買給小孩的糖果，保佑孩子長命百歲），簡直像是有錢人家的小少爺。

「小少爺真是個好人。」

我又想起前幾天聽到的聲音了……怎麼想，都是烏龜在說話。

照片中，千歲飴的袋子上有鶴和烏龜的圖案，該不會跟我看到的那隻半透明的鶴，以及眼睛水汪汪的烏龜，有什麼關係吧？

「為什麼是鶴和烏龜呢？」

我不經意脫口而出。

「什麼？」

媽媽順著我的視線望去，目光停留在照片上。

「哦，你說千歲飴啊！」

「因為大家說鶴可以活一千年、烏龜可以活一萬年，是好兆頭。為求幸運，袋子上的圖畫都會把烏龜的尾巴畫得很長、毛茸茸的，據說是因為烏龜活太久會長毛。過七五三節，是感謝孩子順利成長，並祈祝之後也能平安長大的日本儀式。」

佐伯叔叔回頭看了一眼，告訴我這個知識。

好兆頭？我看到的鶴是半透明的，還穿過我的身體；烏龜的尾巴，確實是毛茸茸的，但是我才稍微不注意，牠就不見了，我覺得更像是要發生倒楣事的預兆。

「小拓。」

佐伯叔叔突然叫我。

「什麼事？」

我將視線從照片移到佐伯叔叔身上。叔叔放下筷子，鄭重其事的看著我。

「可樂餅如何？」

佐伯叔叔做的十個可樂餅，只剩下兩個。

「很好吃。」

「太好了，那我如何？」

「什麼如何？」

「我想跟你媽媽結婚，你覺得如何？」

佐伯叔叔沒頭沒腦的說，但我並不驚訝，因為我知道遲早會有這一天。

可是，這個問題不像「可樂餅很好吃」這樣簡單就能回答。

「媽媽覺得呢？」

我望向媽媽。媽媽或許是害羞，有點臉紅，卻直視我的眼睛回答：

「如果拓不反對的話，媽媽想再婚。」

也就是說，決定權在我手中。

「你們婚後，要一起住在這棟公寓裡嗎？」我想到這個問題。

「我原本想等你贊成我們結婚後，再討論住的地方。不過，這裡住三個人實在太勉強了，必須找個更大的地方。」

媽媽的回答沒有一絲猶豫，大概是考慮過各式各樣的可能性了。

「我在東京的老家有很多房間，隨時都可以一起搬進去，但這麼一來，小拓必須轉學。」

我記得佐伯叔叔的家，在東京都的舊城區。

「我現在和父母住在一起，不過他們還很硬朗，想必不會反對我們搬出去住，但也不能住得太遠。」

媽媽認真聆聽佐伯叔叔的話。

「可是，如果遷就拓的學區，你上班會很麻煩吧？」

佐伯叔叔在東京都內的小學當老師，我沒問他在哪個學校上班，但好像離這個小鎮有段距離。

「我沒意見。」

我打斷他們的對話，媽媽和佐伯叔叔驚訝的瞪大眼睛。

「什麼？你的意思是，你不反對我們結婚嗎？」

「嗯。」

哈哈！結果還是跟可樂餅一樣，輕易的決定了。但對我而言，接下來才是重頭戲。

「還有，我們搬去佐伯叔叔家吧！」

媽媽和佐伯叔叔更驚訝了。

「真的嗎？可是，小拓，這樣你必須轉……」

媽媽觀察我的表情，我爽快的說：「我不介意轉學。」

佐伯叔叔和媽媽面面相覷，叔叔率先打破沉默：「那就等到下學期搬，等你先升上六年級比較好！」

佐伯叔叔替我著想。

「不用等了，馬上轉吧！我想快點習慣新環境。」

我想快點轉學，這才是我的真心話。

「佐伯叔叔，今後媽媽就拜託你了。」

「沒、沒問題，包在我身上。謝謝你，小拓，我好高興啊！」

「要準備搬家，還要辦轉學手續，接下來可有得忙了。」

媽媽露出幸福的笑容，這樣就好了。

「對了，可樂餅的美味祕方，就是磨成泥的胡蘿蔔。結婚以後，我再做給你們吃。」

佐伯叔叔眉開眼笑的，把最後兩個可樂餅，放到我和媽媽的盤子裡。我沒說「謝謝」就把盤子上的可樂餅送入口中。我知道這時如果說聲「恭喜」，媽媽一定會更高興，但我說不出口。我吞下可樂餅，根本吃不出裡面有胡蘿蔔。

對我來說，爸爸只有一個，我不可能打從心底對媽媽嫁給爸爸以外的人，感到高興。

我還比較高興能轉學，高興得不得了。我其實是為了轉學才贊成他們結婚。

因為……我沒告訴媽媽，自從升上五年級，我在班上就常常受到同學的霸凌。他們多半是從後面推我一把，或是藏起我的筆記本和室內鞋，還不到動手的地步。

如果只是發生在學校內的霸凌，我還可以忍耐。可是，今年放暑假前，班上有個自然觀察會，那天要在自然公園的設施住一晚。同學都很期待晚上玩遊戲、一起睡覺，唯獨我例外。

要跟欺負我的人共度一晚，開什麼玩笑。雖然找老師商量，就能避免和那些同學睡在同一個房間裡，但老師肯定會告訴媽媽，我被欺負的事。

我不希望媽媽知道這件事，只要轉學，一切問題就解決了。只要媽媽和佐伯叔叔結婚，我就能轉學。

我看著相視微笑的媽媽和佐伯叔叔，獨自思考這件事。

第2章 搬進百年之屋

沒多久，媽媽跟佐伯叔叔結婚了。話雖如此，其實他們也只是公證而已，沒有舉辦婚禮，我就從篠田拓，變成佐伯拓了。

今天終於要搬去佐伯家，搬家公司的卡車一早就來了，把書桌及衣櫃、裝滿物品的紙箱搬上車。至於用不到的冰箱及餐桌、各種沐浴用品則全部處理掉了，公寓已經空空如也。

原本佐伯叔叔今天早上要過來幫忙，可惜突然有場葬禮必須出席，所以來不了。

即將成為我祖父母的人，正在那個家裡等我們……我之前有見過他們，當時大家一起在外面吃飯，但這是第一次，佐伯叔叔不在場的情況下，與他們單獨見面，還是令我有些膽怯。佐伯叔叔也跟媽媽道歉好幾次，因為媽媽昨晚和他通電話時，一直說：「就算只有我們也沒關係，別擔心。」

走出空無一物的公寓，把鑰匙還給車站前的房屋仲介後，就正式跟這座小鎮道別了。

「你居然敢逃走，膽小鬼。」

昨天是我在學校的最後一天，當我告訴大家轉學的事情，那些欺負我的人紛紛取笑我，但我根本沒辦法反駁，也聽到班上的女同學討論我。

「聽說他媽媽再婚了。」

「雖然是常有的事，但要是我一定接受不了。」

沒錯，我逃跑了，可是逃避不見得會變輕鬆。因為從今天起，我必須與沒有血緣關係的人變成一家人，明明是自己希望轉學和搬家，可是一想到這裡，心情就很沉重。

載著我和媽媽的電車，從月臺出發。熟悉的景色轉眼間隨風而逝，電車搖搖晃晃的行駛好一陣子，跨越流經千葉縣與東京都交界的江戶川後換車，轉乘的電車路線駛過荒川。

「啊，是晴空塔。」

電車行駛橫跨荒川的鐵橋上，媽媽指著窗外說。

「對啊！」

好壯觀。藍天被大樓切割成一塊一塊的，晴空塔巍峨高聳的矗立其間，雄偉壯觀的模樣一掃我鬱悶的心情，變得清澈透明。

早知道數位相機就帶在身上，不要放進紙箱，這樣就能拍照了。

我剛這麼想，密集的大樓很快就遮住晴空塔。

窗外已經是住宅區，電車逐漸靠近新家的舊城區。對了，接下來得改口喊佐伯叔叔叫父親才行，為了與死去的爸爸區別，我決定喊他「父親」，千萬不能叫錯了。

又換了一趟電車，總算在父親的老家所在地「榮町站」下車。媽媽打開手機的地圖軟體，確認好方向，開始往前走。

車站前林立雄偉氣派的大樓，通過「壽商店街」的拱門，眼前是一條充滿舊城區風情，滿是兼賣小菜的肉鋪、蔬果行、二手書店等商店的街道。

「好懷念啊！」

媽媽明明是第一次在這裡下車，卻如此說道。

「小時候我住的地方，也有這種商店街呢！」

小型的建築物鱗次櫛比，各自懸掛著自己的招牌，與車站前的氣氛截然不同，大量的建築物遮住了天空。

穿過這條商店街，再走五分鐘左右，抵達四周都是低矮圍籬的平房前，這裡就是佐伯家，也是我接下來要生活的地方。隔著圍籬看這棟房子，外牆的木板和屋頂的瓦片，看起來又黑又舊。

「好破！」我不經意脫口而出。

「住嘴！」媽媽念了我一下。

「雄一先生說過，打仗的時候，空襲幾乎燒毀鎮上所有的房屋，只有這裡幸運逃過一劫。」

「原來如此。」

我對戰爭或空襲一無所知，不過這個家，看起來只要碰到一點火星，就會瞬間發生火災、燒成廢墟，能逃過一劫真不容易。

門牌上寫著「佐伯雄吉」，旁邊還有小字「宏子」、「雄一」，雄一是父親的名字。記得上次大家聚餐時，我沒有喊「父親」，當然更不可能喊「爺爺」「奶奶」，如今雄吉即將成為我的祖父，宏子則即將成為我的祖母。

按下門牌旁邊的門鈴，屋裡傳來開朗的聲音：「來了！」過一會兒，裡面的玄關門開了，奶奶笑容滿面的迎接我們：「等你們好久了。」

上次見到她的時候，就覺得她是個很有氣質的人，今天也穿著時髦的裙子。特別是看到這個家以後，打扮得漂漂亮亮的奶奶，看起來格外年輕。

「不好意思，爺爺出去了，家裡只有我。」

「別這麼說，從今天起要受您照顧了。」

媽媽禮貌的行禮，我也跟著鞠躬。隨後媽媽跟著奶奶一起進屋，正當我也要跟上去時……

「小少爺。」

我聽到背後有聲音，不假思索的回頭。

「我看到你們的行李已經送到了，猜想你們應該快來了……沒想到，你真的來了。」

眼前站著一個矮小的男人，大概是附近的鄰居吧？他頭髮剃得短短的，只有後面靠近衣領的地方，留了一撮毛茸茸的頭髮；身上穿的和服，我記得好像叫做「甚兵衛」，特徵是衣服上有華麗的六角形花

紋。他是要參加廟會嗎？還是這一帶的人都穿和服呢？

那個人用烏溜溜的眼睛，繼續盯著我說。

「聽我的勸，還是別搬進這個家比較好。因為這棟房子已經蓋超過一百年，破破爛爛。像你這種年輕人，肯定住不習慣，現在改變心意還來得及。」

「什麼？」

他語氣誠懇，但說的話非常沒禮貌，附近的人突然沒頭沒腦說這些，到底安的什麼心？

「拓，你在做什麼？」

媽媽叫我，我往她的方向看了一眼，視線只離開一下下而已，當我轉回來時，男人已經不見了。

「沒什麼，只是剛好有人經過。」

說不定是看爺爺或奶奶不順眼的人而已。我們才剛搬來這裡，還是別讓媽媽操心比較好。

從門口到玄關，鋪滿一排踏腳石，我蹦蹦跳跳的踩在石頭上前進。庭院裡還放著大小不一的石頭，後面是倉庫，真是好氣派的庭院。從玄關前回頭望向門口，還可以看見遠方的晴空塔頂端。

「很老的房子，對吧！你猜屋齡幾年……我的意思是，已經蓋好多久了？」

奶奶打開玄關拉門，對我出了個謎題。

「我想想……一百年？」

「哎呀，答對了！你好聰明，這是日本大正時代蓋的房子。」

看來，剛才那個人說的是真的，但如果是住附近的人，應該都知道這件事吧！我和媽媽在玄關脫鞋，她細心仔細的擺正我的球鞋，看來以後，我也得照做了。

「行李已經搬進房間了，請先到和室休息一下。」

我們跟著奶奶，走在玄關西側的簷廊上。一般老房子的特色，面向庭院的簷廊，會有一整片的落地玻璃窗，但或許是玻璃表面有紋路，導致庭院的石頭及外面的倉庫，看起來變得歪七扭八。

奶奶打開和室右邊的紙門，房內的榻榻米鋪上圓形地毯，擺放著沙發和茶几，還有佛壇和壁龕，給人中西合璧的感覺。

「哇，好氣派的房間！」

媽媽看著壁龕，喃喃自語。壁龕上掛著繪有金魚的畫軸，下面還有一個花瓶，瓶身描繪紫色的藤花，細緻的頸部有個斜長的金色線條，好像是破損修補過的痕跡。

「這裡是我公公生前特別喜歡的房間，這幅畫軸和花瓶，都是他的心肝寶貝。」

奶奶說完，要我和媽媽坐在靠近壁龕那一側的三人座沙發上，接著丟下一句「我去拿冷飲來」就離開了。

房內剩下我和媽媽，我們不約而同的「呼——」喘了一口氣。

「天花板好高啊！」

「嗯。」

我忍不住開始左顧右盼。房間沒有窗戶，從庭院透進來的光線，也照不到房內深處，顯得房間有些陰暗，不太能讓人放鬆。這時，黑暗中的紙門吸引了我的目光，這個大概是壁櫥吧！

我突然愣了一下，因為壁櫥紙門上有鶴與烏龜的繪畫，牠們跟我上次看到的半透明的鶴、被欺負的烏龜長得一模一樣。不過，所有的鶴與龜，長相本來就大同小異，應該是我想太多了。

話雖如此……明明只是老舊的紙門，卻令我莫名緊張。沒多久，

奶奶端出麥茶，隔著茶几坐在我們對面。

「我真的很期待你們來。」

奶奶笑著說，我才稍微鬆了一口氣。

「真由會繼續當護士吧？晚上要值班嗎？」

「要，不過每週只有一天……」

「這樣啊，所以以前你值班的時候，小拓都是一個人，真了不起。從今以後有我們陪著你，三餐由我負責張羅，真由可以放心。」

奶奶非常為我們著想，媽媽似乎也放下心裡的大石頭，頻頻向奶奶道謝。

「小拓，你喜歡吃什麼？」

「我想想……我喜歡炸雞塊。」

「真巧，雄一也喜歡炸雞塊，我經常做呢！太好了！那有討厭的食物嗎？」

「沒有。」

媽媽用疑惑的眼神望著我，因為我其實很討厭青椒和香菇，也不喜歡勾芡的食物。但是因為奶奶很溫柔，我想儘量在她面前做個乖孩子，但也不想被媽媽發現我真實的心情，所以又開始在房裡東張西望。

紙門上的圖案，果然令我十分在意。鶴好像隨時要展翅高飛，烏龜的脖子，好像也在緩緩移動。

「對了，事發突然，我們決定拆掉這個家，蓋新房子。」

奶奶意料之外的發言，令我大吃一驚。

「這樣啊，雄一什麼也沒說。」

「或許他覺得，這種事不該用電話說吧！」

媽媽不知所措的環顧房間。

「雖然十年前客廳和廚房大肆整修過一番，也換了廁所和門，重新裝潢不少地方，但不管再怎麼說，房子本身還是太老舊了。」

奶奶仰頭看著天花板。

「前天我打掃你們的房間時，覺得還是要改建一下，就跟爺爺和雄一商量。結果說著說著，決定乾脆狠下心改建。」

太好了，我忍不住笑逐顏開，因為可以選擇的話，我當然想住新房子啊。可是，如果表現得太高興，好像有點太厚臉皮，所以我裝出乖巧的表情，就在這個時候——身體好冷！

突然有股寒意，從背部直竄到脖子，好像有人在瞪我……我轉身張望，但屋子裡確實只有我們三個人。

「小拓，你會冷嗎？」

見我搓了搓手臂，奶奶拿起茶几上的遙控器，關掉冷氣。

「謝謝，這孩子平常明明很怕熱。我們差不多要整理行李了。」

媽媽看著我說。

「在那之前，我先帶你們參觀房子吧！」

奶奶起身開門，來到走廊上，媽媽跟在後面，最後才是我。這時，我感覺視野一角，好像有細細的影子在動。

咦？我猛然回頭，只見有個細細長長像蛇一樣的東西，在地板上延伸。這東西從哪來的？原來是從壁龕的花瓶上，描繪的花延伸出來的藤蔓……

我突然發不出聲音。

藤蔓長著細小的葉片，前端的細枝一下子就伸到我的腳邊。

「休想得逞！」

就在藤蔓快要纏上腳踝的瞬間，耳邊響起女人低沉的嗓音。上次遇見半透明的鶴時，聽到聲音的瞬間，也是這種感覺。

「噫！」

我不小心發出奇怪的聲音，媽媽和奶奶都回頭看我。這時，藤蔓已經消失得無影無蹤，彷彿從來不曾出現過，壁龕與花瓶也沒有任何異狀。

「怎麼啦？」

媽媽一臉疑惑的問我，走在最前面的奶奶也看著我。

「沒什麼，我差點被地毯絆倒。」

我連忙轉移話題，心想花瓶上的圖案怎麼可能伸出藤蔓。我回頭看了花瓶一眼，退到走廊上，關上和室的紙門，可是……

「休想得逞！」

那股低沉的嗓音，確實縈繞在耳邊。難道是鬼？這麼古老的房子，有什麼都不奇怪……

心臟撲通撲通的跳得好快，但我故作鎮定，跟著奶奶參觀完整個家。玄關旁邊是客廳，客廳緊鄰廚房，然後是面向北邊的浴室。

浴室旁邊是爺爺奶奶的房間，接著是廁所，廁所對面是儲藏室。

走廊的轉角和天花板有很多陰暗處，我提高警覺往前走，以提防又有怪東西出現，幸好沒有再看到任何詭異的東西，也沒聽見聲音。最後走到屋子的西側，奶奶在離玄關最遠的房間前，停下腳步。

「這裡是小拓的房間，原本是雄一的書房，不過書都移到儲藏室裡了。」

打開房門，熟悉的書桌旁邊，有一張全新的床。

「啊，是床。」

「雖然地板是時下流行的木頭地板，但木板畢竟都很舊了，雄一覺得睡在床上，比鋪棉被睡在地上好，所以特地訂了這張床，昨天才剛送來呢！如果你想改變書桌或床的位置，再請雄一幫忙。」

「這樣就行了，謝謝你們。」

父親特地為我買的床……一想到這裡，內心稍微減少不安的情緒，決定不要太計較，每次踩在地板上，都會發出聲音這件事。

旁邊是父親和媽媽的房間，像這樣繞一圈，又會回到剛才的和室前面，這個家的走廊和房間，好像是圍繞和室蓋的。

我們請奶奶休息，接著走進父親和媽媽的房間，開始拆行李。雖然他們房間的榻榻米也是新的，但木頭窗框和天花板還是很老舊。媽媽立刻掀開紙箱，準備整理行李。

「也得開始打包旅行的行李呢！」

媽媽迫不及待，把裝有旅行社簡章與機票的信封袋，放在矮桌上，簡章的封面印有艾菲爾鐵塔。

明天要去新學校報到，但這學期即將結束，馬上就要開始放暑假。等到暑假開始，媽媽和父親就要去巴黎度蜜月，到時我也會一起去。

我回到自己的房間，開始整理東西。

從小就捨不得丟、一直視若珍寶的恐龍模型，以及一堆動物造型的鉛筆之中，夾雜著裝有爸爸照片的相框，裡頭是之前放在電視旁邊、七五三節的照片。照片給改嫁的媽媽保管也很奇怪，所以我想留在自己身邊。但是，直接放在書桌上也有點不太妥當。

「爸爸，對不起。」

我把相框收進抽屜裡。

傍晚，父親參加完葬禮回來了，一聽見開門聲與「我回來了」的聲音，我趕緊出門迎接。同一時間，媽媽也從自己的房間，奶奶則是從客廳走出來。

「哇，好熱鬧呀！」

一次受到三個人的迎接，父親有些害臊。

父親沒有馬上踏進玄關，而是從提袋中拿出一個小袋子，撕開一角，把袋子裡的東西倒在自己身上，身上一下子撒滿白色粉末。看到我一臉疑惑，奶奶告訴我：「這是淨身用的鹽。參加完葬禮回來的人，都要像這樣撒點鹽淨身，避免被邪氣纏上。」

「邪氣？」

「像是不好的氣，或是靈魂之類的，不過，機率很低就是了。」

父親拍了拍我的肩膀，走進屋內。

「來整理吧！」

父親換好衣服，手腳俐落的開始整理空紙箱。搞定一半的紙箱時，爺爺也回來了，這次是四個人一起到門口迎接，這麼一來總算全員到齊了。

「歡迎你們。」爺爺在玄關脫鞋，邊說邊輕拍我的頭。我和媽媽也低頭行禮，對爺爺說：「請多多指教。」

「既然大家都回來了，那就準備吃晚飯，今天叫了壽司呢！」奶奶雀躍的說。

「哦？是綠壽司嗎？」

「那當然。」

「太棒了，拓，綠壽司可是壽商店街裡最好吃的壽司店！老媽，你很捨得呢！」

父親開心得像個孩子一樣手舞足蹈，對我比出勝利手勢。

我很愛吃壽司，但我只吃過超市賣的盒裝壽司，今天居然能吃到壽司店的壽司，我好期待。

我和媽媽一起走進客廳，桌上已經擺滿各式各樣的食物，還有裝在木桶裡的壽司，旁邊是用吧檯隔開的廚房，氣氛比其他房間歡樂多了。

對了，奶奶剛才說過，這裡曾經大大整修過。

「來吧！大家快坐下，開動了。」

奶奶迫不及待的，掀開壽司的保鮮膜。

「那麼，為新的家人乾杯。真由、拓，歡迎你們加入佐伯家。」

父親帶頭，大人們用啤酒、我用果汁乾杯。奶奶忙著為媽媽和爺爺倒酒，並用小碟子幫大家分菜，其間一直在說話，父親也跟我說了很多話。

爺爺不太愛說話，但是當奶奶說話時，他會時而點頭微笑。雖然我還是有點緊張，無法放開來吃，但壽司真的很美味，熱鬧的氣氛也很開心。

「要趁小拓和雄一放暑假的時候，蓋房子嗎？」

聽到奶奶這句話，爺爺的表情突然變得很難看。

「接下來才要挑建設公司，還要請人設計，不可能這麼快吧！」

爺爺很大聲，感覺好像在罵奶奶，讓我頓時想起，前一所學校那些欺負我的同學，嚇了一大跳。

「哎，這麼說也是。」

可是奶奶並未放在心上。

「而且也得先找好改建期間要住的地方，真由和拓也才剛搬來不是嗎？」

聽到父親這麼說，我才恍然大悟。原來，父親當時打算等明年我升上六年級，剛好新房子蓋好，再搬家比較好。但因為我說「越快越好」，所以才變成現在這樣，我是不是不應該多嘴？

我這輩子沒吃過這麼美味的壽司，可是一想到自己說了不該說的話，就不好意思動筷子了。

「拓，別客氣，多吃一點，這個很好吃。」

父親把鮪魚壽司放進我的盤子裡，我才又拿起筷子。就在壽司快被我們吃光時，奶奶突然說聲「對了」，起身走進廚房，從餐具櫃拿出兩個碗給我們看。

「這兩個碗給真由和小拓用吧？」

分別是藍色和水藍色、紅色和粉紅色直條紋的碗。奶奶為我和媽媽買了新的碗，就連改建也是為了我們，佐伯家歡迎我和媽媽的心情，令我非常感動。

吃完晚餐，我正在整理自己房間時，耳邊傳來「咚！咚！」的敲門聲，是媽媽。

「拓，剛才從行李拿出來的機票不見了，你有看見嗎？」

「沒有啊，我沒看見。」

我去媽媽他們的房間一看，父親正把頭伸進桌子底下找，我也翻找散落一地的簡章。

「要是沒有機票，就不能去旅行了嗎？」

「那倒不至於，保險起見，請旅行社把條碼印出來，再寄一次就行了。電子機票可以存在手機裡，行程內容也都存在旅行社的電腦裡，所以不用擔心。只是剛才明明還在的東西，怎麼會突然說不見就不見？」

確實很奇怪。

「呼――嚇死我了。」

聽著媽媽與父親，有說有笑的討論「出國一定得小心丟三落四和扒手」的話題，我也鬆了一口氣。話說回來，一向謹慎的媽媽，居然會弄丟機票，真稀奇。

我百思不解的走出他們的房間，就在這一刻，感覺有紅色的東西頭也不回的，繞過走廊的轉角。

那是什麼？

我連忙跟上去，但走廊上沒有半個人。不過，前方就是——那間白天發生過怪事的和室，而且緊閉紙門的另一邊，裡面傳來聲音。

「條碼……」

這是什麼意思？聲音悶聲悶氣的聽不清楚，但確定是女人的聲音，很像之前我在和室聽到的聲音。

「不知道……手、手機是電話……電腦好像是那個盒子……」

這次是男人的聲音，是爺爺和奶奶嗎？

「得把那對母子……趕出去……才行……」

這次是小孩子的聲音，而且是女孩子。這個家應該只有我一個小孩，看來裡面的人，既不是爺爺也不是奶奶，而且「那對母子」是指我和媽媽嗎？

什麼？要趕我們出去？

我提心吊膽的把手放在和室紙門上，但一瞬間，裡頭的聲音突然消失了。我屏住呼吸、慢慢開門，可是……和室裡沒有任何人。這個房間沒有其他出入口，莫非有人躲在後面的壁櫥裡？不對，剛才沒有聽到拉開壁櫥紙門的聲音。

好奇怪，這個家果然很詭異。啊……對了，剛到這裡時，在門外搭訕我的那個奇怪男人，也說「還是別搬進這個家比較好」，他是想警告我，會發生這種怪事嗎？

我不自覺退了好幾步，回到自己的房間。

第3章

轉學生的憂鬱

第二天一早，我洗好臉，走進客廳，媽媽正忙著把煎蛋和沙拉放在桌上，原本正在看報紙的爺爺，抬頭看我。

「早安。」

「早啊！」

父親也走進來。

「早。」

就在這一刻。

「哎呀！」

奶奶的叫聲從廚房傳來。

「怎麼了嗎？」媽媽問道。

大家隔著吧檯打量奶奶手裡的東西，那是媽媽的碗，奶奶昨天才拿出來獻寶，沒想到碗已經破成兩半。

「啊……」

媽媽表情僵硬，呆站在原地不動。

「好討厭啊，才剛買的說，難道是我昨晚收拾時，不小心碰到嗎？

這陣子視力越來越差了。」

奶奶似乎很緊張，話說得很快。媽媽立刻變回正常的表情，對奶奶說：「您小心點，千萬別割傷手。」

奶奶趕緊用舊報紙包起破掉的碗，拿出另一個碗給媽媽。儘管如此，尷尬的氣氛還是揮之不去，因為就連我也知道，剛展開新生活就打破碗，實在很不吉利。

奶奶一反昨晚的常態，變得不太愛講話，大家在靜默的氣氛下，吃完了早餐。

「我吃飽了。」

我放下筷子，正準備把疊在一起的碗盤拿進廚房時，父親拍拍我的肩膀。

「雖然是新學校，但也不要太緊張，放輕鬆。」

父親在很遠的學校工作，所以必須比我們更早出門。只見他直接把吃完的碗放在桌上，離開客廳，準備出門。

我把父親的餐具也一起拿進廚房，奶奶才終於恢復笑容。

「哎呀！小拓，謝謝你。雄一說的簡單，畢竟是第一天上學，還是會緊張吧！」

我一言不發的點點頭，迅速走出廚房。

終於到了轉學的第一天，今天媽媽不用上班，陪我一起去學校。聽說我要念的「榮第一小學」，五年前剛改建過，一個年級只有兩班，規模很小，但校舍十分新穎漂亮。

我和媽媽進入校長室，向校長和級任老師楠亞由美問好。楠老師比媽媽年輕一點，看起來是很有活力的老師。

「我也是今年四月才剛到這所學校任教，一起加油吧！」

楠老師在胸口握拳，笑著對我說，就連校長也笑咪咪的。媽媽回家後，楠老師帶我去五年二班的教室。

終於來到這一刻，我抬頭看著印有「五年二班」的牌子，偷偷深呼吸，跟在老師後面走進教室。

班上同學全部一起看著我，雖然我已經做好心理準備，但內心還是很害怕。

只見還沒有就坐的同學，趕緊回到自己的座位，有個女生正和隔壁同學竊竊私語。

「各位同學，這位是今天轉入這個班級的佐伯拓同學。」

老師在黑板上寫下我的名字，介紹給大家認識。我以具有抑揚頓挫，又不至於太誇張的語氣打招呼。

「我來自千葉縣，請多多指教。」

這次轉學也是為了逃離霸凌，所以我一定要在新學校好好表現，否則轉學就沒意義了。

我打算安分守己低調過日子，不要太出鋒頭，也不能太陰沉。老師要我坐在靠窗的最後一個位置，我一坐下，前面的男生立刻轉頭問我：「千葉是在迪士尼樂園附近嗎？」

「不是，我是住在靠內陸的那一側。」

就算說出小鎮的名字，他應該也不知道。

「什麼嘛！那千葉還有什麼好玩的？」

「有很多啊……」

像是成田機場和夏日樂園、九十九里濱海灘……但這些景點都離我住的地方很遠。就在我煩惱該如何回答時，他已經失去興趣，轉身面向前方。

「你好，請多指教。」

我向隔壁的女生打招呼，她是個戴眼鏡，有點胖胖的女生。沒想到對方瞄了我一眼，便馬上低下頭，擺出不想跟任何人打交道的表情，感覺不太好。

上完第一堂課，隔壁的女生起身走出教室。她一走出去，斜前方的女生立刻轉頭，縮起脖子，小小聲的說：「佐伯同學，小心點，風花是妖怪迷。」

「什麼意思？」

「我是說坐在你隔壁的雨宮風花，你看這個。」

那女生走到我旁邊，從隔壁桌的抽屜，拿出筆記本。我不禁愣了一下，她怎麼隨便拿別人的東西？但我還是忍不住，好奇看了裡面的東西。

筆記本翻開，裡面描繪各種奇奇怪怪的畫，像是浮現的人影、臉上掛著陰森笑容的怪物、人臉的課桌木紋等，全部用鉛筆塗得黑黑的，整體色調十分暗黑，感覺像是自製的妖怪圖鑑。

「你叫我小心點，是因為這些畫嗎？」

老實說，能畫出這麼多妖怪，我反而覺得佩服。

「你不覺得畫這種畫的人，很可怕嗎？」

「不知道她在想什麼。」

「該不會被妖怪附身了吧？」

其他女生也圍上來，嘰嘰喳喳。難不成，我隔壁的風花同學被霸凌了？我在以前的學校被男同學欺負時，女生們也是這樣在我背後笑著說閒話，從來沒有人幫我勸阻她們。

女生們繼續說著風花的壞話。

「明明家裡是開美容院的，頭髮卻亂七八糟。」

「有時候還會在沒有人的地方，一個人自言自語。」

「啊——果然被附身了！」

一群人在別人背後偷說閒話，就在我聽得很不舒服時……

「你們說夠了沒？」

坐在我前面、最先找我說話的男生，打斷她們。

「趁本人不在的時候，一直說她的壞話，你們的性格未免也太差勁了吧！」

「要你管。」

事發突然，女生們一時有些狼狽，隨即便重整旗鼓、展開反擊：

「你才奇怪，突然裝什麼好學生啊！」

「平井，你性格也沒多好吧！」

「那他是怎麼樣的人？」

「平井新之介是個不會看臉色的人，哈哈哈。」

這次，換這傢伙平井新之介，成為被攻擊的對象。不會看人臉色的形容，也太過分了，不過他倒是毫不在乎。

「嗯，不會看臉色？正常啊，我連國字都看不太懂了。」

「就是這副德性。唉，都是你害的啦，真掃興。」

最先翻開筆記本的女生，裝模作樣的拋下筆記本跑了，和其他女生在教室角落竊竊私語。

平井不動聲色的闔上筆記本，放回抽屜，沒想到他這麼體貼。雖然他被女生們圍攻得很慘，但她們好像不討厭他，而且他居然敢糾正那些女生，真有勇氣，要是我就辦不到。

正當我覺得他是個好人時，連忙搖頭提醒自己，現在下定論還太早，必須謹慎的觀察新班級才行。上課鐘響起，雨宮風花回來了，她似乎沒發現筆記本被人偷看，真是太好了。

話說回來，轉學第一天就撞見不愉快的場面，難道霸凌真的無所不在嗎？想到這裡，腦海浮現今天早上裂成兩半的碗。

果然，霸凌不只發生在學校。剛買回來的碗，沒多久就破掉，實在太不自然了，看來是有人想找媽媽麻煩，是爺爺或奶奶不希望我們搬來嗎？但他們看起來很歡迎我們，難道內心不是這麼想的……

唉……想越多越不開心。不行不行，不能把以後一起生活的家人，想得那麼壞，現在要專心上課。

想是這麼想，但這裡上課的進度，比以前學校教的超前許多，有很多地方聽不懂……我連一個字也聽不進去，只覺得時間過得好慢，這一天就在不斷偷看牆上時鐘的情況下，度過了。

好不容易熬到第六堂課結束，我終於鬆了一口氣，沒想到開完班會，男生全都跑到我身邊，圍繞著我。

「佐伯同學，你家住在哪一帶？離學校近嗎？」

「嗯，該怎麼說呢？在榮町三丁目。」

腦袋一時想不到，有可以當成地標的建築物。

「今天可以去你家玩嗎？」居然有人提出這種要求。

「抱歉，還沒整理好，下次吧！」

我拒絕他們，逃也似的回家了。我想交朋友，可是才剛加入佐伯家，總不能剛來就請同學來家裡玩。

走出校門，從車站前穿過壽商店街，轉過街角就是佐伯家。昨天第一次踏進這個家，今天早上出門上學，現在又回來了。但是，我完全不覺得這是自己的家。

第4章 小朋友的腳印……？

我穿過庭院，悄悄的打開玄關拉門。

「我回來了。」

「你回來啦！」

媽媽和奶奶一起出來迎接我。咦？爺爺今天也不在嗎？

「爺爺出去了。他明明已經退休不用上班，但今年開始學打蕎麥麵，所以經常不在家。」

大概是看到我一直東張西望，奶奶主動為我解惑。哦，居然是打蕎麥麵啊！

「學校還好嗎？」

我放下書包走進客廳，媽媽和奶奶同時問我，異口同聲的默契似乎讓她們覺得非常開心，相視而笑。

「嗯，還可以。」我只能這麼回答。

「還可以就很好了。」

「真由明天就要開始上班，所以只剩今天能輕鬆一下了。」

媽媽和奶奶才花了半天時間，就建立好感情。接著，兩人也並肩站在廚房裡，一起準備晚飯。因為待在客廳也靜不下心，我打算回自己房間休息。

和室面向簷廊的紙門緊閉。我經過那裡時，冒出一身雞皮疙瘩，因為裡面又傳來斷斷續續的對話聲。

「……吉，你去……偵察……吃了大虧……」

「小少……好人……當時還……」

「你太……了。」

男人女人的聲音夾雜在一起，但媽媽和奶奶都在廚房，父親和爺爺也還沒回來，到底是誰在裡面？

「因為……要改建。」

「這個家長久以來……都是……的功勞。」

這次又傳來另一個男人的聲音，我非常確定，和室裡確實有好幾個人，我悄悄的把手伸向紙門，一口氣拉開。

裡頭隱隱約約有幾個黑黑的人影，是四個嗎？不過，我只瞥到一眼，和室裡瞬間空無一人，所有的氣息都消失了。

我環視陰暗的房間，沙發、茶几、佛壇、壁龕的花瓶、金魚的畫軸，壁櫥紙門上的鶴與龜，一切沒有任何異常。

好奇怪，明明有人在說話，肯定有誰在這裡。我不會看錯，也確實聽見聲音，但我沒有勇氣進去確認，只敢站在門口，再次審視房間一遍，果然……沒有半個人。

一定是幽靈，這個家有鬼。

那天晚上，無論是全家人一起吃晚飯時，還是洗澡時，白天經過和室聽到的聲音，一直迴盪在我的腦中。鑽進被窩也睡不著，在床上翻來覆去。

如果是以前住的公寓，即使半夜醒來，媽媽也睡在我旁邊，忽然好懷念以前的生活，感覺那好像是很久很久以前的事了。

睡不著……

再翻個身，快睡快睡……還是睡不著啊，又想起那個聲音。別想了，快睡！好不容易意識逐漸變得模糊，可是一下子又醒來，不禁聯想或許這個房間也有什麼東西，於是我睜開雙眼，瞪大眼睛看著黑漆漆的房間。

翻來覆去一整夜，回過神來，窗簾外已經泛起白光，天亮了。我躡手躡腳的下床，去上廁所。屋內靜悄悄的，還沒有人起床，我幾乎整夜沒睡，頭腦昏昏沉沉的，如果現在才要從頭睡起，等一下勢必爬不起來，上學肯定遲到。

不如去外面呼吸新鮮空氣，讓自己清醒過來吧！

我打算靜悄悄的走出玄關。雖然清晨的空氣有些冷冽，但感覺很舒服，伸個大大的懶腰，重新看了一圈庭院。

仔細想想，我還沒在庭院裡散步過。最先映入眼簾的，是開滿粉紅色小花的樹木，和樹木前面的大紅色玫瑰花叢，好漂亮的庭院。角落還有一間很大的倉庫，想必已經很古老了，牆壁充滿裂痕。

我很好奇倉庫裡有什麼，走過去想一探究竟時，發現門上掛著又大又堅固的鎖。

已經生鏽的幫浦水井就在倉庫前面，但是上頭蓋著木板，不知道裡面的狀況。要是還能出水的話，乾脆在這裡洗臉。我以前曾經在電視上看過，只要用力按壓把手，應該就能壓出水。

我滿心期待把手放在幫浦的把手上，結果背後傳來聲音：「那口井已經沒在使用了。」

「哇！」

我被突如其來的聲音，嚇一跳，反射性的把手縮回來。回頭看，有個穿和服的女人，站在石頭造景的另一邊，頭髮梳成日式髮髻，和服上印有紫藤花的花紋，不僅如此……

她的身體是半透明，我可以透視身體看見對面的玄關。終、終於出現了！

「幽、幽靈……」

我就知道，這是棟鬼屋！我想逃，但雙腳好像黏在地上，動彈不得。只見那個女人噗哧一笑，繞過庭院裡的石頭走向我。

「哼，當時鶴吉偵察回來，說你能『看得見』的時候，我還半信半疑，看樣子，你真的『看得見』我呢！」

女人將我從頭到腳打量一番，越走越近。鶴吉？偵察？什麼意思？

我把手繞到背後，抓住水井邊緣，原本不聽使喚的雙腳，總算能動了，我一步一步遠離那女人，啊！左腳被右腳絆倒，整個人摔進玫

瑰花叢。

「好痛！」

右手的手背一陣劇痛，定睛一看，我受傷了，手背劃出一道血痕。

「哎呀，你被玫瑰的刺割傷啦！真是的，居然長刺害人，真是不討人喜歡的花啊！」

不討人喜歡？是不喜歡的意思嗎？

「你看後面的百日紅，樹幹光溜溜的，不像玫瑰會傷害別人，我比較喜歡百日紅。」她輪流打量玫瑰和後面的樹。

總之，三十六計走為上策。這時，女人只是一動也不動的看著我，我慢慢一步一步往玄關的方向後退。

快逃！我突然拚命往前跑，還被鋪在地上的石頭絆了一下，差點撲倒在玄關前。我手忙腳亂的衝進屋裡，立刻關門上鎖。

「呼——呼——」

脫下涼鞋，全身虛脫蹲在玄關的臺階上，突然有雙踩著拖鞋的腳，映入眼簾，是奶奶從房間裡走出來。

「哎呀！小拓，早安，你起的真早。」

「早……」

心臟還跳得飛快，連一句「早安」都說不好。怎麼辦，要告訴奶奶，我在庭院看到幽靈的事嗎？還是別說比較好呢？我腦筋頓時轉不過來。

「怎麼了？」

奶奶走上前，觀察我的表情。

「那個，庭院裡……」

有個女鬼。我話到嘴邊時，不經意往旁邊一看，不看還好，一看嚇一跳，剛才的女人就站在簷廊上。簷廊的落地窗和擋雨的門，明明都還關著啊……她是從哪裡進來的？

「哇啊——」

我終於忍不住，抓住奶奶。

「有、有鬼，奶奶，這屋子有鬼。」

「小拓，你是不是做惡夢了？」

奶奶摸摸我的背，瞥了簷廊一眼。

「不過，這房子確實老到，就算有鬼出現也不奇怪了。」

咦？奶奶看不見那個女人嗎？

女人看著我，得意的笑說：「宏子看不見我們的，也聽不見我們的聲音。呵呵，看得見的只有你。」

宏子……女人親暱的直呼奶奶的名字，好像她們已經認識很久似的。接著，她直接穿過緊閉的紙門，進入和室。或許是聽見我的慘叫聲，爺爺也醒來了。

「一大早在吵什麼？」

「老伴，小拓好像做惡夢了，大概是因為，從來沒有在這麼古老的房子睡過覺吧！」奶奶對睡眼惺忪的爺爺說。

「不是說要改建了嗎？」

可能爺爺有起床氣，所以面露不悅，皺眉低頭看著我。

「有鬼，有鬼跑進和室裡了。」

即便如此，我仍拚命解釋。爺爺一臉無奈的嘆氣，繞到簷廊，打開和室的紙門。

「連一隻老鼠也沒有。」

怎麼可能……我提心吊膽的走到爺爺旁邊，往和室裡看。剛才那個女人確實已經不見了。

「小拓是因為不習慣睡床嗎？我先去做早飯，等我一下。」奶奶說完，三步併成兩步走進廚房。爺爺也說：「我儘量加快改建的速度，再忍耐一下。」

說完便打開擋雨的門，走向盥洗室。

「怎麼會這樣……」只剩下我一個人，呆若木雞的望著凹凸不平的玻璃窗，凝望庭院。

因為還不能吵醒正在睡覺的媽媽，我只好回到自己的房間。拉上窗簾後，昏暗的房間讓人心情更沉重，於是我拉開書桌對面的窗簾。

「咦？這、這是……」

變亮的房間裡，從房門到我的書桌前，出現兩排像是剛從泳池上來的人，留下的溼腳印，還是小朋友的腳印。看足跡，這個小朋友走進房間、走到書桌前，然後又走出去了。我急忙開門一看，走廊也有相同的溼腳印。

這到底是怎麼回事……我的手開始不聽使喚的發抖。還是叫媽媽來看看吧！足跡是證明這個家，有問題的決定性證據。

我打定主意要這麼做時……突然，溼腳印就像被地板吸乾似的，轉眼就消失不見了。

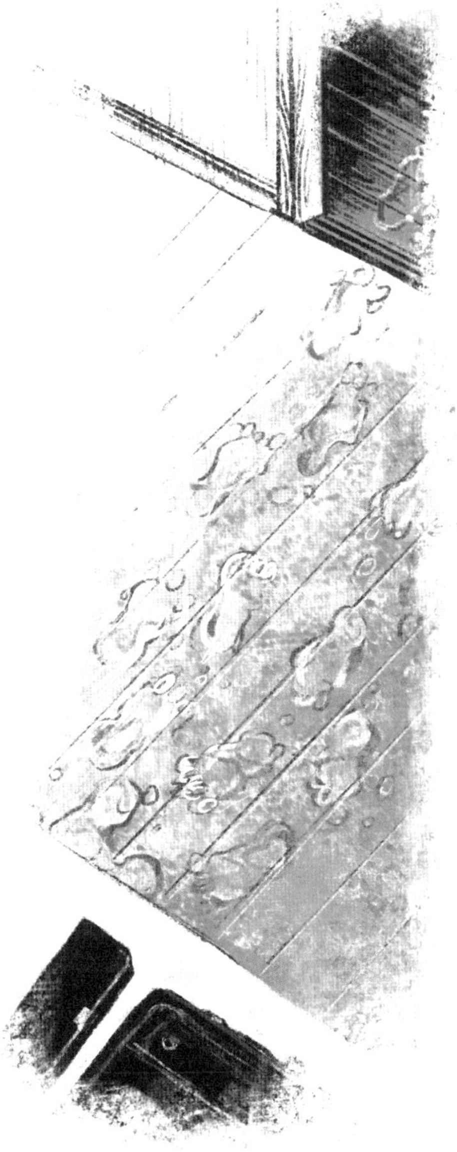

第5章

奇怪的小孩

「昨晚是月圓之夜，請欣賞萬里無雲的夜空中，滿月與晴空塔美景的畫面。」客廳的電視播放著晨間新聞。

晴空塔背後是一輪明月，月球表面的隕石坑清晰可見，全家人都盯著電視畫面。

「對了，昨晚我回家時，月亮高高掛在天空，本來想晚一點跟大家一起看，結果一不小心就忘記了。」

「未來還有很多機會，可以一起看。」

父親和媽媽看著對方，互相點點頭。能近距離看到這種景象，確實很吸引人，未來應該還有很多機會可以看，真令人期待。

「新家會蓋成兩層樓吧！現在只能看到晴空塔的尖端，要是有二樓的話，就能看得更大更清楚了。」

奶奶開始幻想新家的模樣，爺爺也說，只要再忍耐一下，就不用住在這種老舊又陰森森的房子裡了。那我的房間可以蓋在二樓嗎？最好在看得見晴空塔的方向，裝扇窗戶……我也對自己的房間充滿期待。

「也想去看看樣品屋，新家可以全面電氣化嗎？」奶奶一臉迫不及待的對媽媽說。

電視畫面換成氣象報告。媽媽和父親已經吃飽飯，正把餐具收進廚房。

「廚房請改建成使用起來很順手的格局。」

媽媽笑著說，並用最快的速度洗完碗盤。雖然這裡到媽媽上班的醫院，距離跟以前住的地方過去差不多，但是每到上班的日子，媽媽早上總是特別忙。

「那我走了。」

媽媽以前還會叮嚀我「要鎖好門再出去」，現在已經不用了。奶奶奶也一起送媽媽出門，所以我沒機會告訴媽媽，今天有溼腳印出現在走廊和我房間。

我懷著有苦說不出的心情，出門上學。穿過壽商店街，前往學校，除了便利商店及麵包店以外，幾乎所有的商店都還關著鐵門，但上班族的腳步卻很匆忙。

有個女人穿著裙襬拖地的晚禮服，站在商店街的一角。大波浪的咖啡色捲髮，看起來應該是假髮，彷彿在模仿外國電影。

我內心閃過不祥的預感，因為……又來了！那個人也是半透明的，我可以透視她的身影，看見對面爬滿長春藤的商店。

其他人都沒有停下腳步，也沒看她一眼，直直加快腳步往車站的方向走。注意到那個女人之後，我刻意走在馬路的另一邊。

隨著距離越來越近，可以清楚看到她的臉，是個看起來充滿清新透明感的女性，不對，她是真的透明……

她膚色雪白，眼睛是咖啡色的外國人。那個人發現我正在看她，對我大喊一聲：「哇！」並朝我攤開雙手。

「太好了！你看得見我吧！」

「唔……」

我別開臉，想加快腳步離開。她說的話聽起來好像是英文，但我鐵了心決定不理她。

「咦？佐伯同學。」

耳邊傳來咔啦咔啦開門的聲音，還有呼喚我的聲音。我下意識停下腳步，戰戰兢兢的回頭，眼前是坐在我隔壁的雨宮風花。

「這是我家。」風花指著克拉拉美容院說。

這麼說來，昨天好像有人批評風花「明明家裡就是開美容院的，頭髮卻亂七八糟」。

天啊，那個女人，還站在美容院旁邊的建築物前看著我，但風花似乎看不見她。

「這樣啊……那我先走了。」

總之，得快點離開這裡。

「佐伯同學，你怎麼了？」

風花追上來。

「發生什麼事了？」

她用力抓住我的手臂，硬是不讓我走，態度也跟在教室時，不太一樣。

「沒什麼，那裡有個怪人……」

我一邊走，一邊偷偷看向後方。

美容室
クララ

「哪裡？」

「你們家隔壁，有個穿禮服的人……」

風花大吃一驚停下腳步，回頭張望。因為她還抓著我的手，我只好跟著停下腳步。明明是近視才戴眼鏡，風花卻把眼鏡推到額頭，注視著克拉拉美容院的前方。

我忐忑不安的回頭看，還能看見那個半透明女人的背影，她飄動晚禮服的裙襬，彷彿被爬滿長春藤的商店櫥窗吸進去，就消失不見了。

這狀況跟早上梳著日式髮髻的女人，消失在紙門緊閉的和室中一模一樣。

「果然有鬼，我真的受夠了！」

我甩開風花的手，拔腿就跑。因為跑得太急了，腳步一陣踉蹌，才過一會兒，就被追上了。

「佐伯同學，你該不會有『看得見』的能力吧？」

風花目不轉睛的盯著我看，眼鏡後面的眼睛閃爍著光芒，這傢伙是怎麼回事？

我想起昨天班上女生，說她是「妖怪迷」的事。

「什麼看得見的能力？」

「你剛才不是提到『鬼』嗎？你看得見鬼？」

「沒有、才沒有，我什麼也沒看見。」

我支支吾吾的否認，但風花可沒有這麼好騙。

「騙人，你明明看見了，是個穿晚禮服的人吧？好羨慕你啊！」

好羨慕？真是意想不到的反應。

「嗯……那個是鬼，你不怕嗎？」

「因為我看不見，所以想見識一下的想法比害怕更強烈。」

她居然有這種想法！

「我啊，常常在看似什麼也沒有的地方，感應到有東西存在。這種時候，我就會摘下眼鏡確認，因為我的近視很深，沒戴眼鏡的話，看東西都模模糊糊的，但神奇的是一拿下眼鏡，好像能看見一些原本看不到的東西。」

她是那種雖然看不見，卻可以感應到存在的人嗎？

「所以，我想畫出那些摘下眼鏡之後，好像能看得見的東西各種形態樣貌……」

哦，原來如此，筆記本上畫的妖怪，原來是這麼回事啊！

「佐伯同學，你昨天看了我的筆記本？」

風花突然問我，我心跳得好快，只能老實點頭承認。

「是、是的，對不起。」

她果然注意到，有人趁她不在的時候，看了筆記本。雖然不是我拿出來的，但我還是看了，我不想找藉口。

「我不介意的，因為我本來就是喜歡才畫的。更何況，我並沒有清楚看到那些妖怪……也沒有被附身。」

我們邊走邊聊，不知不覺已經走到校門口。一路上，風花眉飛色舞的說起各式各樣的妖怪，就連抵達學校，在樓梯口換鞋的時候，她也沒有要結束話題的意思。

「佐伯同學，你剛才看到幽靈之類的地方，那是家古董店，也就是賣古董的地方。」

那棟爬滿長春藤的建築物嗎？

「這樣啊！」

那家店，大概有類似佐伯家的老畫軸，或是花瓶之類的物品吧！

「所以佐伯同學剛才看到的人，可能不是鬼，而是付喪神。」

我原本想把球鞋放進鞋櫃後，快速進教室，但風花的話卻引起我的興趣。

「付喪神？」

「據說啊……當物品經歷百年，變得很舊很舊之後，就會有魂魄寄宿在上面，變得會走路或會說話，成為所謂的『付喪神』。雖然名字有個『神』字，卻被分類在妖怪裡！」

老舊……妖怪……

這兩個字眼，在我有如墜入五里霧的腦子裡，聽得格外清楚。佐伯家已經蓋一百年了，屋子裡的物品，尤其是和室裡的物品，肯定也很古老，就算有那種詭異的東西，一點也不奇怪！

「跟我來一下。」

一旦走進教室，其他人就會聽見我們的談話。我們的教室在三樓，所以我將風花拉到一年級的教室，告訴她我搬到佐伯家後遇到的怪事。

談話之間，風花時不時流露出「什麼？」、「哇！」、「嗯嗯」

等多變的表情，認真的聽我說。沒多久上課鐘響了，我們連忙衝向三樓的教室。

「咦？你們一起來上課？」

才剛坐下，坐在前面的平井就轉頭問我。

「沒有，只是剛好在路上遇到。」我打馬虎眼。

我雖然對風花說的話很感興趣，但是如果我們繼續在教室裡聊天，可能又會發生像昨天一樣不愉快的事。楠老師走進教室，開始開朝會，得救了。

這學期再過不久就結束了，所以上課也只是讓我們做一堆習題。

不過，我有很多問題都不會，追不上進度的部分，只好請楠老師放學後幫我補課。

風花好像很聰明，一下子就搞定數學作業，開始在筆記本裡畫圖。我偷偷瞄了一眼，這次她畫的，是從鉛筆和橡皮擦長出腳走路的妖怪。

第二堂課結束後，有二十分鐘的休息時間，風花又找我聊天。

「關於早上的事。」

「嗯？」

其實我也想知道，更多關於付喪神的事，但又不想被同學發現，我們討論妖怪討論得口沫橫飛，所以儘量壓低聲音交談。

「你說從花瓶延伸出藤蔓，那個花瓶應該很古老吧？是哪個時代的東西？」

「我不知道。」

「那你今天回去問一下家裡的人。」

「嗯。」

我點點頭，心底非常在意前面的平井，是否聽見我們的對話……

「根據文獻記載，日本的付喪神，不是從鍋子或樂器長出手腳，就是長出一張臉，也就是『物體』本身變成了妖怪。但是，根據我看過的付喪神故事，也有化成人形的妖怪，從物品裡跑出來，所以你早上看到穿禮服的女人時，我內心冒出『我就知道！』的念頭，因為我從以前就覺得，那裡好像有什麼東西存在。」

風花的音量越來越大，還打開妖怪筆記，寫下付喪神三個字。

「這是付喪神的日文漢字，『付喪』的日文發音跟『九十九』的日文發音一樣。」

風花的雙眼變得炯炯有神，興致勃勃的接著說：「九十九是指經歷好多好多年，而『喪』是『喪服』的『喪』。通常人去世時，為了避免不好的氣擴散，會非常謹慎使用這個字眼。雖然我剛才說付喪神屬於妖怪，但是根據我的調查，付喪神絕不是什麼不好的東西。」

「嗯？但都是妖怪不是嗎？」

即使如風花所說，我家那些傢伙不是鬼也不是幽靈，而是付喪神，但對我來說也沒太大差別。

「可以歷經上百年歲月的物品，一定是因為深受人類的珍惜，才能保

存下來。而且所謂的『妖怪』，也是人類對看不見的東西，感到恐懼才幻想出來的，因為很多人都害怕看不見的東西。但我一點也不怕，我相信有些看不見的東西，是為了保護人類而存在。」

風花斬釘截鐵的說，露出前所未有的真摯表情，害我忍不住心動一下。不過，風花下一句話，立刻讓我恢復理智。

「我今天可以去你家嗎？」

「什麼？」

也太突然了，這女孩一提到妖怪的事，整個人都變了。這時，平井突然轉頭，惡狠狠的瞪著我！

「抱歉，接下來有一陣子，放學後要留下來，請楠老師幫我惡補落後的課業。」

「這樣啊，真可惜。」

風花一臉失望，平井卻像鬆了一口氣的面向前方，這兩個人到底怎麼回事？

第6章 看不見卻存在的東西

放學後，我一個人留在教室裡，看著窗外。只有以前學校一半大的操場上，大家正有說有笑的結伴回家。

「讓你久等了。」

先去教職員辦公室一趟的楠老師回來了，和老師單獨待在教室裡，難免有些緊張。或許是察覺到我的心情，老師說：「小拓，我以前也是這所榮第一小學的學生。」

「咦，真的嗎？」

老師還是小學生的時候，也是背著書包，走在這裡的街道啊！

「老師住在附近嗎？」

「我念到一半就轉學了，現在住的地方離這裡有段距離。不過，我對這個從小居住的小鎮，依舊充滿回憶，我很喜歡這個小鎮。」

「嗯……」

對我而言，這個小鎮發生一堆怪事，別說喜不喜歡，已經是能不能住的問題了。

「我們開始吧！」

「好。」

老師坐在風花的座位上，翻開教科書，開始一對一的教學。她要我先比較兩個形狀不同的直角三角形，告訴我三角形的三個角加起來是一百八十度，然後才教我解各種不同的三角形，這個部分的角度是幾度的數學問題。

剛開始很花時間，但只要學會解法，就沒那麼難了，也或許是老師為了不讓我感到挫折，出的問題都比較簡單。補完課，老師問我：

「你對新班級的印象如何？」

「還好……」我不敢告訴老師，班上有霸凌。

「如果有什麼不安的事，一定要告訴我。」

其實我最不安的，就是佐伯家的怪事，但這種事告訴老師也沒用。

不過……

「老師，你認為世上存在妖怪或幽靈嗎？」

「咦，妖怪？」

因為心裡一直記掛這件事，不小心講出來了。

「沒事，當我沒問。」

我手忙腳亂的收拾教科書，但老師卻凝視風花的桌子，不曉得在想些什麼。對了，老師可能也知道風花是妖怪迷。

「這個嘛……」

老師起身走向窗戶，我也站在她旁邊。操場上已經看不見學生的身影了，放眼望去只有學校周圍，蓋得密密麻麻的房屋與大樓，還有矗立於遠方的晴空塔。

「我認為存在呢！」老師給出意想不到的答案。

「小拓，時代不停的改變，老師還是小學生的時候，根本沒有那座晴空塔，電視訊號原本來自東京鐵塔，現在則是從晴空塔傳來。」

「嗯。」

晴空塔是電波塔，負責傳送數位電視的訊號，今天早上在電視裡，看到的月亮與晴空塔的畫面，就是這麼來的。

「看得見嗎？」

「什麼？」

「晴空塔傳來的訊號。」

「怎麼可能，看不見吧？」

「呵呵。」

老師惡作劇般的看著我，接著說：「不只是晴空塔傳來的訊號，利用手機或電腦傳送的電子郵件或圖片，也都在空中傳來傳去。打電話時，電話那頭的人，馬上就能聽到小拓的聲音，也是這個原理。所以說，訊號看不見對吧！」

「對。」我點點頭。

等一下，我們不是在討論妖怪嗎……

見我露出疑惑的神情，老師又笑了。

「你的問題是，妖怪存不存在，對吧？我們看不見訊號，可是訊號確實存在。所以說，一般人雖然看不見妖怪，但我認為妖怪應該是存在的。」

老師說到「一般人」時，直勾勾的看著我的眼睛。

「還有啊，老師喜歡繪畫，經常看畫展，也買了不少畫冊，還看過幾百年前的古人畫的妖怪圖。我不覺得以前的人，光靠想像就能畫出那些圖，我懷疑他們真的看見了。」

她的意思是說，以前的人看得見妖怪。

「妖怪、幽靈、晴空塔發出的訊號、手機及電腦的網路，就連空氣也看不見。看不見的東西，其實比我們以為的還多，還有其他的嗎？」

其他的……

「我想想……像是聲音嗎？」

我不禁想起和室裡發出的聲音。

「對，還有嗎？」

我想不到了。

見我歪著脖子，老師說：「還有人的心情。」

對，沒錯！

「我無法完全知道小拓現在想什麼，這點誰都不例外。所以，為了盡可能了解別人的想法，才有語言不是嗎？」

對話到此告一段落，我和老師一起走出教室。和老師告別後，我獨自走出校舍，走在壽商店街上，抬頭看到大量的電線及家用電話的電話線，交織在建築物之間。

或許是因為老師剛才說的話，令我格外在意，想到肉眼看不見的電流，正在那些電線裡流動，訊號在空中飛來飛去。

「佐伯同學！」

風花出現在我面前，她背著大大的背包，正在看書。因為我邊想事情邊走路，不知不覺走到克拉拉美容院前。

那個穿禮服的女人……不在，太好了。

「我一直在等你。」

風花闔上厚厚的書，看來她是站在這裡，邊看書邊等我。

「等我做什麼？」

「有東西想給你看。來，這邊、這邊！」

風花朝我招手，要我從商店街走進小巷子，態度十分強硬。一想到我們是同班同學，又坐在隔壁，既然她都這麼說，我不去也不行。

穿過無人的小巷子，分成兩條路的中間有一座小公園。公園裡有溜滑梯和一個幼童專屬的貓熊造型搖搖樂，不過沒有人在玩。

我跟著風花走進公園，她坐在樹蔭下的長椅上，夕陽從背後照亮開滿粉紅色小花的樹木。佐伯家的庭院也有同樣的樹，梳著日式髮髻的女人，說這種樹叫「百日紅」。

風花從背包裡拿出琳琅滿目的書，把原本手裡拿的書，放在最上面，我目瞪口呆的看著她。

「啊，抱歉！」

風花稍微往旁邊挪了挪屁股，把長椅上的書，往自己的方向移近一點，騰出一個空間給我坐。風花帶來的書都與妖怪有關。

「你找到這麼多書，太厲害了！」

「因為我想向你說明付喪神的事。」

風花剛才等我時，看的是《妖怪的一切》，我拿起那本書，看到底下是《歡迎來到妖怪世界》，再下面還有《看得見妖怪的人》、《躲在現代的妖怪》、《卡通中的妖怪》等讀物。

「這本書裡面畫了付喪神。」

「百鬼……？」

「這本書叫《百鬼夜行》，裡頭有室町時代畫的妖怪圖……」

好薄的一本《百鬼夜行》，我記得它應該是長長的繪卷才對，但這或許就是楠老師說的「古人畫的妖怪圖」。

「你看，這就是付喪神。」

風花翻開的那頁，畫了一把類似吉他的物品長出身體，還有眼睛及嘴巴的妖怪；也有從長長的木板，長出毛茸茸手腳的妖怪。

「這叫琵琶，是古代的樂器，另一個是古箏。」

還有從大鍋子長出手腳的妖怪。她早上說，魂魄會寄宿在經歷百年的物品上，嗯……要是這些東西在身邊走來走去，確實挺嚇人的。

接著，我翻開《妖怪的一切》，座敷童子、長頸妖怪、河童、天狗等，這本書用彩色的插圖，介紹經常出現在圖畫書或卡通裡的主流妖怪。裡頭也有付喪神，畫得比《百鬼夜行》的圖片更搞笑一點。

後半本是問與答，我瀏覽一下標題〈鬼為什麼有角？〉、〈妖怪喜歡吃什麼？〉最後視線停留在〈幽靈與妖怪有什麼差別？〉的標題上，我翻到那一頁，開始認真看。

——幽靈是對這個世界仍有眷戀，死後無法前往另一個世界的東西，又或是從另一個世界回來的東西，所以幽靈會出現在自己怨恨的人，或是不想和對方分開的人的面前。

原來，幽靈是人死後形成的東西，也就是說，如果爸爸現在出現在我面前，那就是幽靈。反過來說，佐伯家梳日式髮髻的女人，是我今天第一次見到的人，沒道理對我心懷怨恨。

——妖怪不選對象。妖怪可以分成：（一）由活著的人類變成的妖怪，例如山姥；（二）由動物變成的妖怪，例如貓又；（三）

由自然現象變成的妖怪，例如鐮鼬；（四）由物體變成的妖怪，例如付喪神等等。

書中補充鐮鼬的說明：「走在冰天雪地的地方，如果吹來一陣旋風，手臂留下有如被刀子割到的傷痕，那就是鐮鼬妖怪搞的鬼。」還提到：「幽靈的樣子跟生前沒有太大變化，但妖怪的形態千變萬化。」也就是說，妖怪有很多種形態的意思。

——不過，幽靈和妖怪有個共通點，那就是兩者能使用人類沒有的能力，加上有人看得見、有人看不見，所以總是讓人心生畏懼。

「這本書寫得好淺顯易懂……」

我抬頭一看，發現風花正笑嘻嘻的觀察我的表情，已經很久沒有同學這樣對我笑過了，我很開心但有點害臊，只好避開她的眼神。

「佐伯同學這麼認真看妖怪的書，我好高興。」

對了，風花肯定也是同樣的心情，因為班上同學都說她是妖怪迷，覺得她很噁心，我卻對妖怪表現出興趣，難怪風花掩飾不住內心激動的喜悅。

「聽說有些人上大學或工作的內容，就是研究妖怪，真令人羨慕啊！」

風花強調「啊」這個字，把臉湊過來。

「也還好吧……」

我把臉移開，與風花保持一定的距離，但風花不在乎我的反應，繼續往下說，我只好附和回應。

我明白幽靈與妖怪的不同了，問題是，佐伯家的是什麼？或許是風花口中的付喪神，但也可能是別的妖怪，說不定是佐伯家的祖先，或是對佐伯家心懷怨恨的人，死後變成的幽靈。

我想到這裡，闔上書本。沒想到，風花從疊成一落的書本底下，拿出一本《看得見妖怪的人》讀了起來。

「從古至今，很多人都畫過妖怪的圖或寫過妖怪的故事。江戶時代，有個名叫信山勘兵衛的畫師……」

我想起以前的學校裡，女生聚在一起，七嘴八舌討論偶像時，就是風花這種表情，如此神采飛揚的討論與妖怪有關的話題，風花果然是個奇怪的小孩。

原來，日本江戶時代有個畫師信山勘兵衛，他從小就具有繪畫天分，為了學習畫畫，從信濃（現在的長野縣）前往江戶。儘管他把美麗的女人畫成狐狸，或是把親切的男人畫得獐頭鼠目，因此得罪了不少人，勘兵衛仍不改初衷，堅持只畫自己看到的東西。曾幾何時，大家都說他是「能畫出人類本性的畫師」。

進入昭和時代後，有個很有名的小說家三枝面妖，據說這個男人也看得見妖怪。

「要是我也能像佐伯同學一樣『看得見』就好了，我去那家古董店好幾次，雖然能感覺到什麼，卻一次也沒看見過。啊……好羨慕你呀！」風花嘆了一口氣，看著妖怪的畫。

「可是我以前沒看過那些東西。」

「嗯……可能是什麼原因，讓你的力量突然覺醒了。」

「啊，我搬來這裡以前，確實發生過奇怪的事。」

我告訴她半透明的鶴穿過我的身體，還有救下被欺負的烏龜、烏龜開口說話的事。

「所以異象從你搬來這裡以前，就開始了。」

風花開始詢問我的過去……但我不想提起住在千葉的事，也不想讓她知道我被霸凌的事。

「我從沒想過有一天，會跟班上同學說這件事。」

因為害羞與戒心，我的音調比平常高了點。這時，突然吹起一陣風，百日紅細緻的花瓣，輕輕飄落在我和風花之間的妖怪書上。我內心有股不祥的預感，轉過身，抬頭看向長椅後面的樹木。

「鶴！」

樹上有隻半透明的鶴，是我搬來這裡以前，在千葉看到的鶴。

「鶴？」

風花大吃一驚，順著我的視線看過去。

「嗯，是我剛才提到的鶴。你瞧，就在那裡。」

「我看不見啦！」

風花抬頭仰望鶴出現的方向，果然只有我看得見嗎？就像只有我能看見梳著日式髮髻的女人，還有穿晚禮服的女人，現在這隻鶴也只有我看見。

「啪」的一聲，鶴降落在長椅前。哇！牠朝我走來了。然而，就在下一秒，我簡直不敢相信自己的眼睛。

眼前的鶴突然變成男人，他身穿白色和服，袖子上有黑色羽毛的圖案，全身呈半透明。他把長髮紮成一束，有部分的頭髮是紅色的，這也是妖怪嗎？

風花追隨我的視線，摘下眼鏡，一動也不動的看著那個男人。

「鶴……變成人了。」

換成一般人，大概不相信吧！但風花可不是一般人，她能感應到那傢伙的存在。

「快逃！」

我從長椅上起身，往旁邊移動了幾步，但風花卻一動也不動，直勾勾的盯著男人，不對，是感應男人的存在。

「佐伯同學，我認為這個人沒有惡意。」

風花說著，視線始終鎖定那個男人，真有勇氣啊！

男人的眼睛連眨都不眨，一直看著風花。

「呵，咯咯咯。」

就像瞪眼比賽比輸似的，男人笑了出來。

咦，這有什麼好笑的？

見我感到莫名其妙，男人犀利的眼神，頓時變得溫柔。

「你這傢伙真有意思……」

男人笑著對風花說，然後轉身面向我。

「這孩子說的沒錯，你看得見我們一定有什麼意義，你得好好思考到底是什麼意義呢？你要思考，我們也要。」

他是什麼意思？我一半是害怕、另一半是大惑不解，腦中一片混亂。不一會兒，恐懼勝過困惑，我開始冷汗直流。

「不准撇開視線。」男人命令我。

我嚇了一跳，注視男人的雙眼，一秒、兩秒……不知道到底過了多久，百日紅又飄落了。原本怕得硬邦邦的身體，一下子變輕鬆，心情也平復下來。

「改天見。」男人對我說，隨後變回鶴的模樣，飛走了。

「改天見」的意思是，他還會再出現嗎？我呆站在原地，凝望天空，直到鶴消失為止——而且是往佐伯家的方向消失。

「消失了嗎？」

「嗯。」

「哎，佐伯同學真的很有一套呢！居然有『看得見』的能力，好厲害。」

「或許吧……」

事已至此，也只能認了。男人說的「有意義」是什麼意思呢？

「我還是想去你家。」

「可以是可以，但不是現在。我才剛搬進佐伯家，不能太任性，得先問問，能不能讓朋友來家裡玩才行。」

「我明白了，對了，既然如此，我們去古董店吧！我從小就認識那裡的老闆，所以就算什麼都不買也可以逛。」

那個詭異的女人就在古董店裡，我不想去。

「我要回家了，謝謝你告訴我這麼多事情。」

「這樣就要回家了？」

風花滿臉遺憾的表情，但總算死心了。

「那改天再去吧！」

「嗯，改天再去。」

我們走出公園，又回到壽商店街。

「再見。」

但願古董店不要再出現奇怪的東西了，腦中閃過這樣的祈禱。可是，這次我並沒有想要逃跑，真不可思議，感覺剛才跟男人視線交會時，有個重物落在我心底。

我不禁想到一件事，要是在以前的學校，心中也有類似這種重物感的東西存在，或許我就不會輸給霸凌了。

第7章 詭異的「器物」們

第二天，風花把妖怪的書帶來學校。

「我稍微研究一下，好妖怪和壞妖怪的形成。如果是從某種東西或生物變成妖怪，好壞的關鍵在於，還是原本模樣時，各自與人類關係如何。比方說，貓咪活太久，尾巴會分成兩條，變成名叫『貓又』的妖怪。當牠還是貓咪的時候，如果人類對牠寵愛有加，牠就會變成好貓又，反之就會對人類心懷怨恨，妖化後攻擊人類，通常是這兩種情況。

除此之外，本來是好妖怪，也會因為某些原因染上邪氣，變成邪惡的存在。所以從前的日本人，會在除夕掀開榻榻米，把灰塵拍打出來，或是把老舊工具拿出去晒太陽，好好大掃除一番。這麼做，肯定是為了避免付喪神變成邪惡的妖怪。」

風花口若懸河的解說，令我佩服得五體投地。話說，變成邪惡的妖怪啊……

「對了，上次父親參加葬禮回來時，身上撒鹽應該就是為了避邪。」

「鹽有驅除邪氣的力量，就像日本相撲力士站上土俵（日本相撲比賽的擂臺）時，也會撒鹽不是嗎？那就是為了清潔土俵。」

她知道的事真多呀！

「研究這些細節，其實很有趣。」

如果發生在自己家裡，風花還會這麼樂在其中嗎？因為是別人家的事，她才如此享受吧！這時，周圍的女生用冷冰冰的眼神看著我們，但我也不在乎了。

回想轉學的第一天，我原本打算安分守己低調過日子，不要太出鋒頭，也不能太陰沉。不過，無所謂了。

「對了，佐伯同學，你問過家裡人，花瓶是什麼時代的產物嗎？」

心臟漏跳了一拍。

「抱歉，我還沒問……」

我滿腦子都是昨天和風花說話時，出現在公園裡的男人。

「我今天會問。」

「嗯，別忘了。」

或許是因為和風花聊得太開心，平井在課堂上耍寶的時候，我也笑出來了。放學後，我繼續留下來補課，回家路上經過古董店時，我居然敢在心裡想「付喪神？給我出來！」幸好沒有真的出現，我鬆了一口氣。

「小拓，你回來啦！我上午太忙了，還沒去買菜，點心吃這個可以嗎？」

我一回到家，奶奶就拿出仙貝對我說。

爺爺打開電腦，正在查資料。

「那個，和室的花瓶啊……」

我原本想問奶奶，抬頭卻看到爺爺的臉。

「嗯？花瓶怎麼了嗎？」

「呃……」

這可是問個水落石出的好機會，但也不能直接問爺爺，這個家有付喪神嗎？

「是哪個時代的物品？」

「那個很久了，比這個家還久，是江戶時代後期的東西，畫軸和壁櫥的紙門也是。」

居然比這棟屋齡上百年的房子還古老……也就是說，即使有付喪神也不奇怪，我放下吃到一半的仙貝。

「紙門也是嗎？那隻鶴和烏龜，還有花瓶上的藤花，都是有名畫家畫的嗎？」

出現在公園的男人，現在一直浮現在我腦海。

「據我所知，都是由一位名叫信山勘兵衛的畫師畫的，好像不是很有名的畫師，但是和佐伯家的祖先頗有淵源。」

爺爺邊說邊望向和室。我想到，風花也提過勘兵衛這位畫師，說他是能畫出人類本性的畫師。

「我過世的父親，特別寶貝這些東西，還留下『千萬不要換紙門的紙，也不准動壁龕的畫軸和花瓶』的遺言。不然，照理說每年都應該配合季節，定期更換壁龕的裝飾品才對。」

見我不解的側著腦袋，爺爺好心解釋給我聽。

「像是秋天的楓葉、冬天的山茶花等等，幾乎都是當季的圖案。可是因為我父親的遺言，我們家才會一年四季都放金魚的畫軸以及藤花圖案的花瓶。」

原來如此啊……截至目前，畫軸還沒有任何可疑之處。沒想到對爺爺的父親來說，那幅畫軸、花瓶和紙門，原來是那麼重要的東西。

「爺爺的父親……」

「就是小拓的曾祖父，下次給你看照片，因為相簿放在和室的壁櫥裡，得先拿出來晒書才行。」

「晒書？」

「以前的紙會遭蟲蛀，所以天氣乾燥時，要拿出來吹吹風。」

風花說過，老舊的工具多晒太陽就不會變邪惡，聽起來大同小異。從風花口中聽到的種種，似乎都可以套用在這個家裡。

爺爺又轉頭盯著電腦，結束對話，還抬頭看了牆上的時鐘一眼，緊張的說：「已經這個時間了，我得走了。」說完就出門。

「爺爺去練習打蕎麥麵嗎？」

聽到我的自言自語，奶奶噗哧一笑。

「他每天都要去蕎麥麵店的廚房，幫忙兩、三個小時，類似打工呢！問他練得如何了，他總回答『還早得很』，所以我也沒吃過他打的麵。」

爺爺在家從未進過廚房，難以想像他在蕎麥麵店工作的模樣。

「我也該去買菜了，晚飯可能要晚一點吃，可以拜託你看家嗎？」

奶奶起身。

「好的，路上小心。」

這個家有五個人，我很少有獨處的機會，決定趁機好好調查一下。

我鬼鬼祟祟走到簷廊，從外面窺探和室內的狀況，沒有聲音，我小心翼翼打開門。

壁龕的花瓶、紙門上的鶴與龜，目前都沒有異常。

風從庭院吹進來，就算沒開冷氣也不熱。儘管如此，我還是緊張到出汗，這裡跟別的房間果然不太一樣，至於是哪裡不一樣，我也說不上來，反正不一樣就是不一樣。

要是風花摘下眼鏡，看著這裡，她一定也能感覺到。最可疑的莫過於壁龕的花瓶，但今天我想先檢查鶴。

與從鶴化成人形的男人四目交會時，我意識到體內彷彿有重物，於是我一踏進和室，就先坐在紙門前。

壁櫥的紙門有兩扇，右邊是鶴的圖案、左邊是烏龜的圖案。烏龜仰頭，鶴看著烏龜。這扇古老的紙門，變成付喪神了嗎？我光想像卸下四邊的門框，紙門長出手腳的模樣，就覺得噁心不舒服。

風花說過，有的妖怪會從古老的器物中，變成人形跑出來。上次出現在公園裡的鶴，也就是那個可疑的男人，跟這扇紙門有什麼關係？

我推開其中一扇紙門，發現下方有個咖啡色的箱子，就是電視卡通的民間故事裡，常常會出現的箱子。

嗯……這種箱子的名稱叫什麼？我一時想不起來。

爺爺說，祖先的照片收在和室的壁櫥裡，既然如此，該不會放在這裡吧？正當我把手伸向箱子。

「你最好別打開那個葛籠。」

耳邊傳來男人的聲音。

「誰？」

回頭一看，沒有半個人。

「不，想怎麼做，你自己決定就好了。」

這次是另一個男人的聲音，是出現在公園裡的男人嗎？為什麼他叫我自己決定就好了？

對了，我想起來了，這種箱子叫做「葛籠」。我上幼兒園的時候，看過《剪舌麻雀》的紙偶戲。

很久很久以前，在某個地方，有個心地善良的老公公和壞心又貪心的老婆婆。老公公跟麻雀變成好朋友，受到麻雀們的招待，臨走前，麻雀問他紀念品想要大的葛籠，還是小的葛籠，老公公選了小的葛籠，小的裡面裝滿金銀財寶，而貪心的老婆婆選了大的葛籠，結果大的裡面冒出很多妖怪。

難道葛籠裡有妖怪嗎？剛才的警告，聽起來就是這個意思。

可是只有打開葛籠，才能搞清楚到底是怎麼回事，只要抓住這個家有古怪的證據，就能告訴媽媽了。

「你這個膽小鬼，快點給我夾著尾巴逃跑吧！」

這次換成女人的聲音，是庭院裡的那個女人。

我又回頭看了一眼，房間內還是沒有半個人。她居然說我是膽小鬼？拜託，打開這個葛籠的膽量，我還是有的。

話雖如此，手還是不自覺發抖。我準備好隨時可以逃跑的姿勢，鼓起勇氣打開葛籠的蓋子，打開之後，我迅速逃離一公尺遠。

結果什麼也沒跑出來，我鬆了一口氣。伸長脖子往裡頭看，有本像是書的東西，是二手書？不對，是相簿，葛籠裡有幾本老相簿。

什麼嘛，只是普通的相簿而已，剛才說「最好別打開葛籠」的傢伙，是不希望我看到這些相簿嗎？

我拿出最上面的相簿，翻開一看，馬上認出照片中的小孩是父親。

照片中他的年齡，看起來跟我差不多大，笑容滿面的看著鏡頭。

看到父親的笑容，我感覺放心不少，重新坐好，翻回第一頁。裡面有許多父親的照片，像是剛洗完澡，嬰兒時期抓著東西站立的樣子，還有在庭院裡哇哇大哭的照片。意外的是父親國、高中的時候，長得滿帥的，也有他參加校外教學或全班的合照。

在沒有數位相機的時代，照片要一張一張沖洗出來，貼在相簿裡。當然也有更久以前的相簿，裡面的照片也拍到這間和室，壁龕也掛著跟現在一樣的畫軸，擺著相同的花瓶，紙門當然也沒變，只差在沒有沙發和茶几，而是擺放低矮的屏風，屏風上描繪著綠色的山和飄著白雲的天空。

也有年輕時的爺爺和奶奶，並肩而坐的照片。

其他相簿就更古老了，裡頭全是黑白照片。照片中的人大概都是以前住在這裡，現在已經作古的祖先。照片下方寫著「佐太吉」及「佐吉」等名字。佐吉懷裡抱的嬰兒叫雄吉，也就是爺爺，跟剛才看到父親嬰兒時期的長相差不多，我忍不住笑了。

等等，也就是說，這位佐吉就是留下遺言，交代要好好珍惜花瓶及畫軸、紙門的人嗎？

我發現這幾本相簿，都有一個共通點：每一本相簿，每一代家族都有在玄關前拍攝全家福的照片，只有這間房子，不管在哪個時代看起來都一樣。

在昏暗的和室專心看著相簿，眼睛開始感到痠澀，抬頭感覺有點頭暈目眩。我到底看了多久？爺爺奶奶可能已經回來了。

我放回相簿，打算把蓋子蓋回去，就在這個時候，發現葛籠前方黏著一個信封。這個信封好眼熟，好像在哪裡看過……FR旅行社！看到信封上的字，我愣住了。

難不成？我邊想邊打開，抽出一角，確定是媽媽他們遺失的機票。我腦中頓時一片空白，然後出現好多想法。

誰把機票藏在這裡……最先想到的是爺爺奶奶，可是，現在大家都知道就算沒有機票，也能去旅行，既然如此……那會是誰呢？這還用想嗎？破掉的碗、地板上的溼腳印……全都是住在這裡的「某種東西」做的好事。

既然如此……得快點離開這個房間才行！我手裡拿著信封，火速蓋上葛籠、關閉壁櫥。至少現在什麼都沒發生，太好了……才怪！

圖案……不見了，鶴和龜的圖案從紙門上消失了！我站在關閉的壁櫥前，不敢相信自己的眼睛。

太、太可怕了……鶴和龜跑去哪了，該不會有什麼東西在我背後吧？我鼓起勇氣回頭，差點腿軟。

眼前出現兩道模模糊糊的人影，分別穿著白色和服和甚兵衛，就是我之前看到的那兩個詭異的男人。

付喪神！從紙門上跑出來了！

現身的時間只有一瞬間，當周圍的空氣開始流動，眼前的人影就消失了，他們跑到哪裡去了？

居然回到紙門上了，上頭又浮現出鶴與龜的圖案，一切恢復原狀，彷彿剛才看到的，都是我的幻覺。

我想起風花說他們不是邪惡的東西，才怪！把我嚇成這樣，肯定不是好東西，又不肯露出真面目，只敢故意嚇唬我！

「可惡的怪物！」

我扶著牆壁，想走出房間。結果，金魚的尾巴從畫軸裡伸出，擋住我的去路。

「哇！」

畫軸也跟他們是一伙的，還有花瓶！藤蔓與紫色的藤花從花瓶長出來，藤蔓前端長滿小片的葉子，有如眼鏡蛇抬頭擺出攻擊姿勢、纏住我的脖子。

「放開我！」我拚命用手撥開。

可是藤蔓就像抓不住的影子一樣，從我的指尖穿過，那一瞬間，有一股惡寒在我體內流動。

「居然敢說我是怪物？囂張的小鬼！還不快點給我滾出去。」女人的聲音迴盪四周。

「喂，阿藤，等一下啦！你把他嚇壞了。」

「就是說啊，這位小少爺是好人。」

「哈哈！」

還有別人的聲音，其中兩個是以前聽過的聲音，但另一個是誰的笑聲？好像是小孩的聲音。

我嚇到屁滾尿流的摔倒在簷廊，一心只想逃離，連滾帶爬的跑向玄關。

玄關門打開，爺爺回來了。

「怎麼啦？」

「爺、爺爺……」

「怎麼了？發生什麼事？」

「那邊……」

我指著和室、聲音顫抖的說。

可是，想到昨天早上告訴他家裡有鬼時，爺爺並不相信，現在又告訴他和室有鬼，搞不好他會認為這個孫子怪怪的。

「沒什麼，我在那邊跌倒了。」

我搖搖晃晃的站起來，回到自己的房間。

老舊的木頭地板，每踩一下就發出嘰嘰嘎嘎的聲音，但我已經顧不了這件事了，我順手把裝有機票的信封，放進抽屜。

「唉……」

一口氣倒向床鋪。今天發生太多事，已經超出我的負荷，我什麼都不想思考了。

第8章

逃走也需要勇氣

「拓。」

媽媽的聲音讓我倏地睜開雙眼。咦？這裡是哪裡？我一時不曉得自己身在何方。

啊，對了，這裡不是以前住的公寓，是佐伯家。我剛才在和室看到妖怪……原來我睡著了，媽媽也下班回來，外面已經一片漆黑。

來到這個家以後發生的事，一股腦湧上心頭。媽媽再婚，搬來這裡……在這間鬼屋，看到令人難以置信的東西……

「你睡著啦？身體不舒服嗎？」

「沒有。」

「沒有就好，吃飯了，爸爸也回來了。」

我腳步虛浮的走向客廳，晚飯是我最喜歡的炸雞塊和馬鈴薯沙拉。

「哇！是炸雞塊。」

父親迫不及待伸出筷子，對我說：「快，拓也多吃一點。」

我一口咬下，肉汁瞬間充滿整個口腔，真的好好吃。

「在習慣新學校之前，會很累吧！」父親看著我說。

「不用擔心啦，我已經交到朋友了。」

「什麼樣的朋友？」

聽說我交到朋友，媽媽開心極了。

「嗯，她姓雨宮，坐我旁邊。」

「已經交到朋友啦，下次邀請她來家裡玩嘛！」

連奶奶都很高興。

「好的。」

正好，風花也很想來。

「課業方面呢？進度跟以前的學校不太一樣吧？」

「嗯，不過老師願意幫我補課，所以不用擔心。」

後來他們又問我一堆問題，我都以「不用擔心」一語帶過。比起這些事，有更嚴重的事情需要擔心。

啪嗒！窗外發出聲音，怎麼回事？我嚇了一跳。

「什麼聲音？」

奶奶起身，望向窗外。

「是貓咪，偶爾有貓咪會經過庭院。」

太好了，我還以為又是他們。

這時，媽媽邊吃飯，邊目不轉睛的看著，有如驚弓之鳥的我。

晚飯後，我在房間準備明天上學要用的東西時，媽媽敲門。

「拓，我可以進去嗎？」

「請進。」

媽媽開門進來，我馬上意識到，她有些不方便當著大家面前說的話，想跟我說。媽媽在床邊坐下，面色凝重的面向我。

「媽媽好像不該結婚啊？」媽媽單刀直入的問我。

「為什麼這麼說？」

「因為你看起來悶悶不樂，剛才外面有點聲音，你就嚇了一大跳，好像完全無法放鬆。」

媽媽果然發現了。

「如果拓不快樂的話，媽媽也無法得到幸福。」

媽媽溫柔的額頭貼額頭，輕聲對我說。我突然覺得眼眶發熱，想告訴媽媽和室裡那些詭異的傢伙，以及搬來這個家以後，發生的所有怪事。

可是……想起決定婚事後，媽媽幸福洋溢的模樣，喉嚨就彷彿被緊緊勒住，發不出聲音。

我搔搔頭，打馬虎眼的說：「你發現啦？我只是還沒習慣而已。」

知道媽媽很在乎我，光是這樣我就很開心了。

「媽媽是不是有點太心急了？」

我不希望媽媽露出悲傷的表情，只好安慰她。

「我很喜歡父親，雖然他有點老土。」

「呵呵，這樣啊，他確實有點老土。」

太好了，媽媽終於笑了。

但能夠放心的，就只有那個晚上。

第二天一早，媽媽前腳剛送父親出門，後腳就去上班了。沒多久我也出門上學，沒想到走到壽商店街附近時，在入口遇到媽媽。

「怎麼啦？忘了帶東西嗎？」

「不是，我在等你。」

昨晚為了不讓媽媽擔心，我刻意隱瞞實情，沒想到還是失敗了嗎？

「如果在家裡談這件事，你也會顧慮到爺爺奶奶，所以我只好在外面等你。」

「可是媽媽，你不用上班嗎？我也要上學。」

「我今天其實不用這麼早去，也打電話跟學校說你第二堂課才會到校，所以沒問題。」

媽媽想得很周到呀！

「不過，如果在商店街閒晃，怕有人認出我們是佐伯家的媳婦和孫子。」媽媽說道，轉眼走進小巷子。

「我們才剛搬來，大家應該還不認識我們吧？」

「這可不一定，像這種區域不大、鄰里感情特別好的小鎮，早在我們搬來的前幾天，大家就知道佐伯家要有新的家人了。昨天我去上班前，先繞到乾洗店一趟，結果老闆立刻問我，是不是佐伯家的新媳婦呢？」

只是從商店街分岔出的一條巷子，幾乎就沒有人經過了，我們走進昨天我和風花去過的公園，百日紅的花瓣散落在長椅上。

「好美啊！」媽媽說完，撥開花瓣坐下。

「我們家的庭院，也有這種百日紅的樹。」聽我這麼說，媽媽露出驚訝的表情。

「拓，你居然知道百日紅啊！因為樹幹十分光滑，就連擅長爬樹的猴子，也會滑下來，所以又叫做『猿滑』。」

「哦，這樣啊！」

「什麼，你不知道啊？」

我當然不知道，因為我也是聽庭院那個女人說，才知道樹的名字，但她沒有說名字的由來。

「拓。」

媽媽表情變得嚴肅，表示要進入正題了。

「什麼事？」

媽媽把手伸進皮包，拿出一個信封，是那個裝有機票的信封。

「那個……」

奇怪，它明明藏在我的抽屜裡。

「抱歉，沒跟你說。」

媽媽好過分，居然侵犯我的隱私。

「今天早上，我去你房間，要給你帶去學校的文件時，你剛好人不在去上廁所。」

這樣就能擅自打開我的抽屜嗎？

「因為文件要填寫的欄位好多，像是緊急聯絡人和電話號碼等，但我漏寫一個地方，想說找枝筆在你桌上補寫，於是……」

「所以你就打開我的抽屜嗎？」

「真的很抱歉，可是……」

「不是我！」

我起身大叫，坐在長椅上的媽媽，眼睛一眨也不眨的看著我。

「那不是我拿的。」

「既然如此，為什麼會在你那邊？媽媽好震驚，我還以為你也很期待一起旅行。」

「我很期待啊，所以才說不是我拿的，是那個家裡……」

那個家裡有妖怪，雖然我不確定他們到底是什麼，但實在太詭異了，應該是邪惡的存在。

我想把全部的事情告訴媽媽，自己是無意間，發現藏在葛籠中的機票。可是，正當我想這麼做的時候。

鶴無聲無息的降落在長椅後面，又變成穿和服的男人。

又來了，這是第幾次了？

男人豎起食指、貼著嘴脣，示意我不要說。

「什麼？」我不禁喊出聲。

媽媽見狀也站起來，轉過身看，卻什麼也沒看到。

怎麼辦？我該怎麼辦？

對了，那個男人曾對我說——不准撇開視線、自己思考看看。

沒錯，現在要做的事情，不是讓媽媽嚇到。

就算我告訴媽媽那些傢伙的事情，也只會讓媽媽不知所措而已。

正因為看不見，以後她在佐伯家的時候，想到可能有什麼東西站在自己後面，一定會很害怕。

「媽媽。」

「什麼事？」

我重新在長椅上坐好，媽媽把臉湊過來。

「那個信封……是我在走廊上撿到的，本來想晚點拿給你。」

此刻，我只能這麼說。

「相信我，我真心希望媽媽跟父親去巴黎旅行，是真的。」

媽媽點點頭。半透明的男人，還站在長椅後面，我下定決心。

「媽媽，其實……我在以前的學校被人欺負。」

我一直隱瞞這件事，可是現在為了讓她相信我，不能再繼續隱瞞下去了。媽媽聽到嚇了一跳，似乎不知道該說什麼，但眼眶卻積滿淚水。

「是嗎……對不起，拓，媽媽完全沒發現。」

「那是因為我努力不讓媽媽發現嘛，很成功吧！」

媽媽又點點頭、緊緊抱住我。

「我其實一直在逃避，贊成媽媽結婚，也是為了逃避霸凌，我很懦弱吧！」我又哭又笑的說。

「才沒有這回事！拓，逃避也需要勇氣的，幹得好。」

「嗯。」

我不覺得自己有勇氣，可是我很高興聽到媽媽這麼說。

「不過，我覺得也不能一直逃避。」

一旦逃離這個家，這次恐怕再也沒有別的地方可逃。

「拓。」

媽媽鬆開我的身體，握住我的手。

「謝謝你告訴我這些事，機票的事就別再提了，媽媽相信你。」

結果，那個男人還在聽我們說話。

「佐伯家的人都是好人，媽媽是這麼認為的。」

嗯，我也這麼認為。

「我知道你贊成媽媽結婚真正的原因了，也知道你還沒融入那個家。可是，我們才剛搬來，能再觀察一陣子嗎？如果之後，你還是不想待在那個家的話，告訴我，媽媽會好好思考，下一步要怎麼做。」

百日紅的花紛紛飄落，穿過男人半透明的身體，飄落在地上。沒錯，這個人就是佐伯家的妖怪之一。

從媽媽手中接過文件，走出公園回頭看，男人已經不見了。順著來時路走回商店街，媽媽去上班，我去學校。

媽媽邊走邊說：「那天進你房間，發現你還留著小時候，我買給你的恐龍模型和鉛筆呢！大家都會丟掉的東西，你卻很珍惜。」接著說：「拓，你可以把爸爸的照片，放在房間裡。」

我把爸爸的照片和從小視為寶貝的東西，一起收在抽屜裡。

穿禮服的女人，站在古董店前對我揮手。媽媽和其他人都看不見，她也沒有要攻擊我的跡象，看來沒什麼好害怕的。

話雖如此，我也沒打算對她揮手。

「對了，我今天不用補課，你要不要來我家？」

放學後，我開口邀請風花，因為奶奶說可以帶朋友來家裡玩。

「我要去！我要去！我要去！」

風花興奮得臉都紅了，蹦蹦跳跳的說。就在這個時候，平井不苟言笑的轉過來。

「我也要去。」

慘了，我忘了這傢伙也在。

「啥？」我和風花同時反應。

此時，平井的表情變得很不悅。

「奇怪，你邀請風花去你家，卻不讓我去嗎？」

「我不是這個意思。」

也罷，讓他一起來比只帶一個女同學回家好。可是，要讓平井知道我們家有妖怪嗎？嗯……到時候只能見招拆招了，最後達成共識，兩人等等要來我家。

「小新家在車站前，要不要先衝回家，放好書包再過來呢？」

風花的情緒很亢奮。聽到風花喊平井「小新」，也令我頗意外。

「你們的感情好好啊！」

「我們從幼兒園就認識了，可以說是從小一起長大。」

原來如此，那我就理解了，好高興能這樣跟他們聊天，跟在上一所學校忍受霸凌的時候，完全不一樣。

可是風花也被排擠了……果然，此刻班上其他女生以充滿惡意的眼神，往我們這邊看。我不甘示弱的瞪回去，結果對方只好聳聳肩、撇開目光。

我們走出教室後，風花說：「佐伯同學，我們等等在古董店前碰面吧！」

不要吧……光是佐伯家的怪事，就夠我受了，實在不想再接近古董店了。

「在公園等就好了。」

沒想到，風花對我冷漠的反應，不痛不癢，笑呵呵的哼著歌小跳步，彷彿走路有風的樣子下樓。

結果樂極生悲。

從二樓要下一樓的地方，風花一腳踩空。

「哇啊——」

事情發生得太突然，我和平井只能眼睜睜看著慘事發生，風花直接滾到一樓。

「沒、沒事吧？」

我和平井慌張的衝下樓。

「好痛，痛痛痛痛！」

風花好像扭到腳了，手臂也有擦傷，聽見風花的呻吟與周圍的騷動，一年級的男老師跑過來。

「頭呢？有沒有撞到頭？」

「沒有，頭沒事。」

「總之，先去保健室。」

老師說完，背起風花去保健室，我們也跟上去。

風花在老師背上，望著樓梯說：「佐伯同學，剛才有什麼東西嗎？說不定有人不希望我去你家，出手阻撓。」

我知道她口中的「人」並非指人類，而是指一般人看不見的妖怪。

「沒有啦！」

想不到她都摔成這樣了，還在胡說八道。風花只是太興奮，不小心踩空樓梯而已，到了保健室後，風花與接到通知趕來的楠老師，一起去醫院。

「慎重起見，去醫院檢查一下吧！我先叫計程車，你媽媽說她忙完手邊的工作，就會立刻趕來。」

「可是，我要去佐伯同學家……」

風花眼神堅毅的看著我。

「今天先取消吧……萬一骨折就糟糕了。」

好不容易才說服她，真受不了……

「接下來就交給老師，你們先回家吧！」保健室老師說。

我正準備拿自己的東西離開時，被風花叫住。

「佐伯同學。」

她小聲說：「好好觀察你們家那些詭異的傢伙，他們一定有討厭或畏懼的東西，只要拿出他們討厭的東西對付他們，應該就能逼他們現出原形了。」

不愧是風花，照理說她的腳踝應該很痛才對，說不定還骨折了，仍無法澆熄她對妖怪的熱情。

「好、好的。」

我被她的熱情嚇到，乖乖點頭，與平井一起離開保健室。這時，我突然注意到一件事，少了風花這個主角，今天還要約嗎？讓平井一個人來我家？

我以詢問的眼神望向旁邊，與一臉忐忑的平井對上眼。

「啊，對了！我今天要去補習。」

平井目光閃爍，慌慌張張的走了，顯然是在說謊。哼，我懂了，這傢伙的目標是風花。

第9章

妖怪的真面目

付喪神討厭的東西嗎？我走在回家路上，思考風花告訴我的事。

我討厭青椒和香菇，還有勾芡的食物。當然，我也不喜歡看到霸凌或受到霸凌。

嗯，和室那些詭異的傢伙，到底會討厭什麼東西呢？對了，搬來這裡的那天，父親參加完葬禮回來，在身體上撒鹽，風花也說鹽有驅除邪氣的力量，就是這個，試試看吧！

我回到家，對待在庭院的奶奶說聲「我回來了」之後，直接走向廚房，馬上找到貼著「鹽」和「砂糖」標籤的小瓶子，我還把鹽倒在手上，舔了一口。

好鹹，沒問題。

我先把鹽撒在自己身上，然後將小瓶子放進長褲口袋，準備就緒後就出發！我繞到北側的走廊，把書包扔進房間後，往前走向和室。

突然，我從簷廊上，看到奶奶正在庭院剪玫瑰，這麼說來，當時出現在庭院的女人，似乎不太喜歡玫瑰……

「奶奶。」

「什麼事？」

奶奶停下拿著剪刀的手，看著我。

「那些玫瑰，是要插在和室的花瓶裡嗎？」

我想到一件事。

「不是，這些要插在客廳的大玻璃花瓶裡。我打算過年時插花，但和室的花瓶是紫藤花的圖案，不適合正月，所以一直沒插過花，單純當成裝飾品。再說，如果插了玫瑰花，花瓶反而相形遜色不是嗎？」

說的也是，那個花瓶確實不適合插玫瑰花。我站在簷廊上，目不轉睛的低頭看著花瓶，想起風花說的話。

「好好觀察你們家那些詭異的傢伙，他們一定有什麼討厭或畏懼的東西，只要拿出他們討厭的東西對付他們，應該就能逼他們現出原形了。」

我記得庭院見到的女人，好像說過玫瑰是不討人喜歡的花。

不討人喜歡……我懂了，那個女人顯然不喜歡玫瑰花。雖然不清楚原因，可是我總覺得和室的花瓶，與她有密不可分的關係。

「我可以剪一枝玫瑰花嗎？」

「當然可以，如果你要插在房間裡，儲藏室還有花瓶。」

奶奶用四、五張報紙，包起她剛剪下的玫瑰花，從庭院將剪刀和園藝手套遞給我。

「小心刺。」

「好的。」

隨後，我與奶奶一前一後從玄關繞進庭院裡，親自剪下一朵開得很漂亮的紅色玫瑰花。我將那朵玫瑰花和園藝手套放在簷廊上後，走進廚房。

「那我去買菜了。」

奶奶將玫瑰花插在客廳的花瓶裡，便拿著手提包出門了。

「路上小心。」

很好，這麼一來，家裡只剩我一個人了。

廚房的吧檯上，剛好有空瓶可以裝水。我裝好水走出廚房，拿起放在簷廊的玫瑰花，走向和室。

我嚥了嚥口水，踏進和室，感覺房內的氣氛突然變得好緊張，不知道是我緊張，還是待在這裡的那群傢伙緊張。

我在壁龕前蹲下，鼓起勇氣下定決心，伸手拿起花瓶，倒水插花。

剎那間——

「住手——你想做什麼！」

耳邊傳來尖叫聲，我被淋了一頭水。

「哇啊！」

我閉上眼睛、猛甩頭，用手抹去臉上的水，玫瑰被扔在榻榻米上，周圍溼答答的。不僅如此，花瓶還伸出藤蔓，藤蔓轉眼消失，變成我在庭院裡，看到梳著日式髮髻的女人。

出現了！

這也難怪，因為是我要他們出現的……但還是好可怕。

花瓶的圖案消失了，換句話說，這個女人就是花瓶上描繪的紫藤花，不同於琵琶或古箏直接變成付喪神，這是這個家的付喪神嗎？眼前的女人也全身溼透，橫眉豎目的瞪著我。原本我這麼做，是想看清楚他們的真面目，但現在真的看到了，我卻嚇得要死。

這時，我突然想起我的法寶，從口袋裡拿出鹽巴，撒向那個女人。

「呸！你這小子！快住手，我又不是蛞蝓害怕鹽。龜吉，快幫我弄掉。」

「失禮了。」

男人無聲無息的從旁邊冒出來，是我剛來這個家時，在門外向我攀談的人。怪了，明明前一刻，身邊沒有其他人，這傢伙是什麼東西的付喪神？

「鹽是撒在不好的東西上。」

這個名叫龜吉的男人，從我手中拿走裝鹽的瓶子，放在茶几上。

龜吉……啊，是烏龜？我往壁櫥的紙門看。

天啊，烏龜的圖案從紙門上消失了！鶴呢？還在紙門上，但那隻鶴的頭正探出紙門，接著是腳。

「阿藤，真是災難啊！」鶴對女人說。

是我在公園看到的那個半透明男人，他果然也是這個家的付喪神！這兩個男人是紙門上的鶴與龜。

「妖、妖怪！」

我情急之下，拿起簷廊上的園藝手套，扔向女人，但手套直接穿過她的身體，掉在地上。

「什麼妖怪……你這個不知天高地厚的小鬼。宏子也真是的，說插上玫瑰，我就會遜色？開什麼玩笑，那種花我才看不上眼。」

這個人好像很會記仇。

「看什麼看，別發呆了！快點擦乾榻榻米，否則榻榻米會壞掉。」

雖然她語氣凶狠，但說的有道理，得趕快把水擦乾才行。

「好、好的。」

我跑到盥洗室，先用毛巾擦臉。

要逃嗎？不，他們一定會追上來。正當我煩惱該怎麼辦，把毛巾從臉上拿開時。

「天啊！」

我嚇了一跳，因為龜吉就站在盥洗室的入口，一直跟在我後面。

「我不會逃的！」

話雖如此，但其實我很想逃跑。

「不，不是的，我是想告訴你不用害怕，快點找東西把水擦乾淨吧！」他催促的說。

我簌簌發抖的四處張望，發現洗衣機前有一條圓點花紋的破布，應該是抹布吧！

「用那個就行了，宏子說過這件衣服不穿了，可以當抹布使用。快，回去吧！」

他先退到走廊上，很明顯是來監視我，不讓我逃跑嘛！

我回到和室，擦乾弄溼的榻榻米。

三隻妖怪居高臨下的看著我，好難做事啊……擦到高一階的壁龕時，看到表面沾到水的素色花瓶。

我靈機一動，心想說不定打破這個花瓶，妖怪就會消失，紙門也是，弄破就好了，如此一來，是否就能消滅這些傢伙，把這裡變回普通的房子？

我心懷這樣的意圖，伸手探向眼前的花瓶。這時，畫軸搖晃起來。

水花四濺！

「哇啊！」

金魚從畫軸裡跳出來，紅色的金魚扭動身體，跳進水還剩下四分之一左右的瓶子裡。

畫軸裡的金魚消失了，我就知道，這也是付喪神，不過比從花瓶裡跑出來的女人，和原本是鶴的男人可愛多了，莫非這隻金魚也會變成人？

我看得出神，忘了手裡還拿著花瓶。

「小心點，萬一花瓶掉在地上破掉，就糟了。」

原本是鶴的男人逼近我，逕自穿過我的身體。

「哇啊！」

這個人真的好可怕。

「小少爺，小少爺以前救過被小朋友欺負的我，我知道你是很善良的人，你應該不會想打破花瓶吧！」

胖男人的眼睛烏溜溜、水汪汪。這雙眼睛……對了，這個人肯定就是當時消失的烏龜。

「居然想把我打破，真是膽大包天，我們是這個家的守護神，膽敢破壞我們，這個家也會完蛋的。」

「知、知道了。」

「算了啦，小少爺也不是真的要這麼做。」

「話說回來，阿藤，還不是因為你一直嚇他。」

「你們是怎麼了，居然聯合起來替這小子說話。」

這群人好吵啊，不只如此，連金魚也躍出水瓶，變成半透明的小女孩。

「啊……好久沒有泡在水裡，大家就別再責備他了。」

小女孩穿著紅色和服，年紀比我還小一點，紅茶色的頭髮紮成一束，就像金魚的尾巴，扭扭捏捏的樣子，活像金魚在水中游動的姿勢。

她講話的腔調很奇怪，不曉得是哪裡的方言。

「小少爺，請擦乾花瓶。」

唯有原本是烏龜的人，講話比較有禮貌，我用手裡的布擦乾花瓶，就在這個時候……

「哎呀！」

「咦？」

「怎麼回事？」

除了梳著日式髮髻的女人，另外三個人都大吃一驚。

「哇！」

我後知後覺的跟著嚇一跳，原本拿在手中的布被吸進花瓶裡，素色的花瓶浮現出淡淡的圓點圖案，剛才還穿著和服的女人，瞬間換上圓點圖案的洋裝，藤花圖案的和服落在腳邊。

除此之外，女人的輪廓變得比剛才更稜角分明，不再是半透明，看起來就像正常的人類。她也用左手稍微提起洋裝的裙襬，露出詫異的表情。

不過，短袖洋裝右邊的袖子，鬆垮垮的下垂，之前她穿和服的時候，沒注意到這個人似乎沒有右手臂。

「這不是宏子去年還在穿的衣服嗎？」

「小少爺用這塊布幫你擦乾。」

「哇哈哈，我明白了，只要接觸到現代人穿的衣服，或是曾經是主人衣服的布料，或許就能讓我們具有實體。

我以前都沒想過這個可能性，但仔細想想龜吉穿的衣服，也是佐太吉的甚兵衛嘛！所以只有這傢伙能摸到東西，變成烏龜或人類的模樣時，也不是半透明的，而是清晰可見的存在，難怪我還覺得奇怪呢！」

他們互相打量彼此，陷入沉思。

「好像是這樣……當時佐太吉把這件甚兵衛放在紙門前，袖子的部分就披在我的尾巴上，等到回過神時，我已經變成這樣了。」

佐太吉是照片裡的祖先。

「確實有這麼回事，後來佐太吉還到處找他的甚兵衛呢！」

「也就是說……」

女人試探性的把左手放在沙發和茶几上，再把手伸向我。

「哇！」

我驚慌失措的，舉起手在臉前揮來揮去。

「怕什麼，我又不會吃掉你。」

冷冰冰的手抓住我的手臂，讓我無處可逃，全身僵硬。這次換成原本是鶴的男人想摸我，但他的手穿過我的身體，撲了個空。

「呵，這真是太棒了。」

女人嫣然一笑。

「這麼一來，我也能盡情享受打扮的樂趣了。對了，把你媽媽的衣服拿過來。」

聽起來她像是在命令我，總覺得不能忤逆這個女人。

「那個……」

「我只是借一下嘛！」

我心不甘、情不願的走進媽媽的房間，從壁櫥的櫃子裡拿出媽媽平常很少穿的上衣和牛仔褲，水藍色的上衣點綴著緞帶的圖案，是媽媽上網買的，結果送來的時候，媽媽大失所望……

我心驚膽戰的把衣服交給女人，只見她高興的把上衣和牛仔褲圍在花瓶上，衣服就被吸進花瓶裡……哇，花瓶的上半部變成緞帶的圖案，下半部變成藍色的……好怪！

「哦！」

其他三個人同聲驚呼。抬頭一看，眼前是穿著媽媽的上衣和牛仔褲的女人，但日式髮髻和身上的衣服一點也不搭。

「別大驚小怪的。」女人用眉開眼笑的表情，說著抱怨的話。

我的腳邊出現剛才用來擦花瓶的布，沒過多久，壁龕的花瓶又變成素色。

「人家也想換上可愛的衣服。」原本是金魚的小女孩，羨慕的說。

「金魚，這個家大概沒有妳能穿的衣服吧？」女人趾高氣揚的說。

這時，我下定決心開口：「請問……各位是付喪神嗎？」

這群人好容易動怒，所以說話得小心點。

「不是，嚴格來說，我們是……算了，就這樣吧！我是紙門的付喪神鶴吉。」瘦瘦的男人說。

「我是龜吉，這位是花瓶的阿藤小姐，金魚小妹是畫軸的金魚圖案，大家坐下來聊吧！」龜吉先生說完，要大家坐在沙發上。

有實體的龜吉先生與穿著媽媽衣服的阿藤小姐，率先坐下，坐的姿勢跟人一樣。可是半透明的鶴吉先生和金魚小妹，該說是坐下，還是飄在沙發上呢……結果，我夾在鶴吉先生和龜吉先生之間。

既然如此，乾脆打破砂鍋問到底：「各位……」

四個人都目不轉睛的看著我，嗚嗚嗚，好可怕啊，但我不能退縮，該問的就要問！

「你們想趕走我和媽媽吧？所以才把機票藏在葛籠裡，打破媽媽的碗也是你們做的好事吧！」我把內心的疑問，一股腦兒傾巢而出。

鶴吉先生嘆了一口氣說：「聽說雄一要結婚，我們起初都很高興。可是調查之後，發現他的結婚對象有個看得見我們的孩子，再加上雄吉突然說要改建房子，換作是你，你會怎麼想？」

怎麼想？我覺得很好啊！

「你想那這扇紙門該怎麼辦？不可能把這扇紙門裝在新家的壁櫥上吧？」

「嗯……也是……」

「畫軸和花瓶也是，最近的新房子根本沒有壁龕吧！」

「我們不是被丟掉，就是被燒掉……」

或是被收進陰暗的儲藏室，所以只要趕走我和媽媽，這個家就不用改建了，這些人是因為這樣才想趕走我們。

「對不起，都是我做的。」

龜吉先生低頭向我道歉，直到剛才發現能實體化的祕密以前，只有龜吉先生能碰到東西、拿起東西，所以顯然是龜吉先生藏起機票、打破碗。

「我叫他嚇人就要徹底讓你嚇破膽，可是龜吉說你是心地善良的小少爺，後來鶴吉也幫你說話，說你是個有趣的小孩。」阿藤小姐說。

看來龜吉是受到阿藤小姐的命令，才會做那些事情。對了，還有一點我也要確認一下。

「我搬來這裡以前，遇到的鶴和烏龜就是鶴吉先生、龜吉先生吧！你們是特地來找我嗎？」

「鶴吉先生只要變成鶴，就能飛到很遠的地方。當他回來，告訴我們你是個『看得見』的孩子時，我其實不太相信。」阿藤小姐說。

「所以，後來就換龜吉先生來了？」我問。

「嗯，因為阿藤小姐和金魚小妹，就算能離開本體，也出不了這個家的庭院，所以我化為人形，搭電車去你住的地方。可是，變成人形太久的話會很累，所以我變回烏龜想休息一下，結果就被小朋友抓住了。」

龜吉先生的眼睛水汪汪，跟那隻烏龜一樣。他繼續說：「小少爺形容以前住的公寓是『最能放鬆的地方』，當時我真心希望這個家也能成為小少爺放鬆休息的地方。」

「呵呵，人家好久沒跟人類說話了。」

金魚小妹好可愛。怎麼回事？大家都是好人嘛！

「因為這三個人都這副德性，沒辦法，只好由我親自出馬，結果現在，好像只有我是壞人。」

她親自出馬的效果，確實很驚人。啊，等等，當時爺爺奶奶都沒看見阿藤小姐。

「爺爺奶奶也看不見各位？」

「對呀！」

鶴吉先生又嘆了一口氣。

「雄吉出生時，我還期待他能繼承佐吉『看得見的能力』啊，沒想到事與願違。」

「咦，佐吉先生看得見大家嗎？」

佐吉是爺爺的父親。

「對呀！他跟你一樣，也能和我們說話。」

這樣啊，所以他才會留下，要好好珍惜這扇紙門和畫軸、花瓶的遺言。

「所以呢？」

鶴吉先生又問我一次。

「你用這種方式逼我們出來，也聽了我們的願望，接下來就看你怎麼做了。」

「要我們離開這裡嗎？」

「倒也不是，我們並不介意你和你媽媽留在這個家裡，只希望你們不要破壞這個家。」

金魚小妹的意思，應該是說我和媽媽可以不用離開。

「打破碗的事我很抱歉，因為我們也亂了方寸，畢竟我們也是『物品』，就算是大量生產的東西，也不該破壞其他『物品』。更重要的是，你可是『看得見』我們的小孩，自從你們搬來以後，這個家的人也都很開心。」

鶴吉先生直勾勾的盯著我看。

「如你所說，我們是『付喪神』，但也不只是付喪神，我們已經守護這個家和這個家族的人一百年，這是我們的驕傲，我們是『家守神』，所以這個家的人，能過得幸福平安是我們最大的心願。」

家守神……守護家的神，讓這個家的人過得幸福平安……

聽到這裡，我腦海中浮現出爺爺奶奶和父親的臉龐。

「這個家的人也包括我嗎？爺爺對我……」

自從看到阿藤小姐那天早上開始，我就有點害怕爺爺，他大概也不認同，我是這個家的小孩吧……

「雄吉只是不擅於表達，不知道要對一起生活的孩子多點笑容。其實早在你們搬來以前，他就一直很期待，一直問『你幫我問他書桌擺這裡好嗎？他喜歡吃什麼東西？』問得宏子都煩了，搞到最後還決定要改建房子，我還是第一次看到雄吉那樣。」

阿藤小姐的表情變得柔和許多，看來大家真的都很喜歡佐伯家的人呢！

「就是這樣我們才傷腦筋。」

龜吉先生一臉憂傷的看著我。討厭啦！我對這種眼神最沒有抵抗力了，也就是說，我和媽媽給他們帶來困擾了。

我滿腦子都是要在新家和新學校，好好表現的念頭。當看到不可思議的現象後只知道害怕，做夢也沒想到，其實是我們給這個家的付喪神，帶來了困擾。

「聽好了，我們絕不能眼睜睜的看這個家被拆掉，所以當時才想趕走你們，可是啊……」

鶴吉先生看著壁龕上變成素色的花瓶、畫軸和紙門。

「你可以看見我們，背後肯定有什麼意義，我猜你應該是被選中的人。」

「怎麼可能，我沒有任何優點又很膽小，更何況，還很容易被人欺負。」

「小少爺，不可以這麼說自己。小少爺是很善良的人！我都想去你以前的學校，咬那些欺負你的壞孩子了。」

龜吉先生……別忘了你變成烏龜的時候，曾經被小孩抓住。

「我這個樣子，可能無法去到比庭院更遠的地方，要不然你帶著我的花瓶，讓我好好嚇唬他們一番好了。」

天啊，連阿藤小姐也……

「這就不用了。」

我不敢答應，但心裡還是很高興。

「總而言之，我們都在觀察你的反應。」

所以，鶴吉先生才會出現在公園。他雖然不是很親切，但或許是個好人……也說不定。

「小拓看得見我們，也就是說，我們是朋友。」

小拓顯然是指我。金魚小妹興高采烈的揮舞著和服的衣袖，滿屋子走來走去，身上的水不斷滴落，走過的地方都會留下足跡……啊，這些溼腳印難道是……？

我站起來，想拿剛才擦榻榻米的布。

「別擔心，金魚小妹身上滴落的水，跟你倒入花瓶的水不太一樣，很快就會消失了。」

龜吉先生為我說明。

「金魚小妹住在描繪於畫軸上的水裡，所以即使出來，身體還是有點溼，走過的地方會留下水漬。不過，其他人看不見，而且馬上就會消失。」

「對了，出現在我房間裡的腳印，是金魚小妹留下的痕跡吧？」

「嗯，我不是想嚇你，只是很好奇你房裡有什麼，所以溜進去看了一下。」

原來沒有惡意啊，如同龜吉先生所說，榻榻米的溼腳印沒多久就消失了，他們其實都很高興我看得見他們，可是又不希望這個家受到破壞，卡在兩種心情之間，左右為難。

很多事都水落石出了，他們是付喪神，同時也是「家守神」。本體是描繪在紙門、花瓶、畫軸上的圖案，可以脫離本體，也能變成人形。基本上是半透明，沒有實體，但只要穿上主人的衣服，就能得到實體，一般人也能看見他們的模樣。

「懂了嗎？幸虧有我們的庇佑，這個家的人才能過上幸福的生活，不曾受到什麼大災難，所以不准你再叫我們怪物了。」

唔……阿藤小姐瞪了我一眼。雖然我是不小心脫口而出，不過喊他們怪物確實有點過分了，可是，付喪神不也是妖怪的一種嗎？

「我們想跟大家永遠在一起。」

她口中的大家，也包括我跟媽媽嗎？金魚小妹雖然沒說清楚，但我聽得出她的意思。

我原本不知道大家的想法，因為想法是看不見的，如今既然知道了，就無法再當作沒看見。

不是說服媽媽，離開這裡，就是……我必須做出選擇。

「家守神……守護神……」

可是妖怪就是妖怪，與妖怪住在一起是什麼感覺呢？

四個人都目不轉睛的看著我，直到前一刻，他們的外表和氣質，給我的印象都不一樣，但如今我感覺得出來，他們團結一條心。

「我回來了。」

奶奶回來了。

「我們先回去了，宏子雖然看不見我們，但如果被她發現花瓶的圖案改變，事情就麻煩了。」阿藤小姐丟下這句話，轉頭就回到花瓶上。

「啊，傷腦筋……」

我低頭看著壁龕，大傷腦筋，因為原本應該是素色的花瓶，如今上半部是緞帶的圖案、下半部是藍色的花紋……雖然顏色很淺，但要是奶奶看到，一定會嚇一大跳吧！

龜吉先生站起來，輕輕把紫藤花圖案的和服，蓋在花瓶上，和服轉眼便消失了，媽媽的上衣和牛仔褲，出現在花瓶旁邊，花瓶又恢復原本的樣子，太好了。

「拜拜啦！」

這是再見的意思吧？金魚小妹也回到畫軸裡。

看到金魚小妹轉瞬消失的背影，我想起我們剛搬來這裡，媽媽的機票不翼而飛的那個晚上，我離開媽媽他們的房間時，有個紅色的東西迅速消失在走廊上，看來應該是偷聽我們談話的金魚小妹，逃走的背影。

「拓，拜託你了。」

鶴吉先生真誠的凝視我的雙眼，就變成鶴、張開翅膀，飛進紙門。

最後剩下龜吉先生，也以水汪汪的眼睛看著我。

「小少爺，改天見。」

「嗯。」

我喜歡這個人。龜吉先生變回烏龜，手腳並用的爬回紙門。

第10章 用言語表達真心

我想把剛才從庭院剪下來的玫瑰花，插在自己的房間裡。我拿著儲藏室找到的花瓶，在盥洗室裝水的時候，奶奶對我說：「我馬上準備晚飯。」

奶奶這麼一說，我突然覺得肚子好餓。爺爺、父親、媽媽陸續回家，開始吃晚飯。配菜是裝了滿滿一大碗公的滷菜，還有可樂餅。

「滷菜好好吃啊！」

媽媽感動萬分的說。我除了香菇以外，其他的菜都吃得很香。

「多吃點，油豆腐是店家額外送的。」

奶奶就像油豆腐一樣，溫暖又包容。

「壽商店街的感覺真不錯。」

媽媽似乎很喜歡每天上下班都會經過的商店街。

「有肉鋪、有相館，還有我老同學開的店，應有盡有呢！」

可樂餅就是跟那家肉鋪買的，雖然很好吃，但比不上父親上次做給我吃的可樂餅。

「拓？」

回過神時，我已經停筷了。

「那個……」

我放下筷子，看著大家。

「怎麼了？」

父親露出擔心的表情。

「吃飽飯後，我有話想跟大家說。」我看著爺爺的臉說。

「現在不行嗎？」爺爺問我。

「嗯，不是在這裡，我想在和室說。」

我才說了開場白，心臟就快要跳出來了。晚餐後，大家移動到和室，一臉嚴肅的坐在沙發上。

家守神應該也在旁邊聽。這時，媽媽從旁邊伸出手、緊握我的手，

我看了媽媽一眼，點點頭。

「我今天趁大家不在的時候，在家裡探險，打開壁櫥裡的葛籠，看到了相簿。」

「小拓，奶奶本來就有打算，下次要給你看祖先的照片，所以沒關係的。」

我看著奶奶，點點頭。

「是不是有一本很古老的相簿？裡頭有爸爸年輕時帥氣的照片，

你看了嗎？」

父親擠出笑容，試圖幫我緩和凝重的氣氛。

「嗯，我看了。」我也笑著回答。

「好想看啊！」媽媽說道，但臉上明顯寫著「你想說的不是這個吧？」的表情。

「我可以拿出來嗎？」

爺爺奶奶點頭。我離開沙發，站在紙門前，看著門上的鶴和烏龜一眼。

「試試看吧！」

我沒有發出聲音，只是稍微動了動嘴巴，用嘴型向他們打暗號，然後拿出三本相簿，放在茶几上。父親迫不及待的翻開相簿說：「就是這本。」

父親翻開一張張照片，其中也有像我這麼大的時候，在這個房間裡跟朋友拍的照片，奶奶很懷念的探頭看。

「這時候的畫軸也是金魚，花瓶也跟現在一樣。」

「對呀！上次不是說過，是我老爸的遺言。」

爺爺口中的「老爸」就是名叫佐吉的人。

「這些東西都是他蒐集的嗎？」

「不是，是我曾祖父買回來的。」

爺爺的曾祖父？什麼時代的人啊？

「他的名字叫佐太吉，是明治時代的人，聽說他是在古董市集找到這些東西。」

是龜吉先生身上穿的甚兵衛的主人。我翻開另外兩本相簿，年輕的爺爺奶奶坐在紙門前，其他照片也拍到了剛才提到的佐吉和佐太吉。

「這扇紙門也跟以前一模一樣，都有鶴與龜。」

「我不是說過了嗎？這是我老爸的遺言。」

爺爺稍微加強了語氣，奶奶小聲安撫他說：「老伴，先聽小拓怎麼說。」

「打仗的時候，這一帶發生過空襲吧？」

「對呀！」

爺爺看著奶奶，彷彿在徵求奶奶的意見，奶奶點頭同意，爺爺才說出「我是戰後才出生，所以很多事是聽我老爸說的……」的開場白，娓娓道來。

太平洋戰爭發生距今大約八十年前，東京也遭受到大規模的空襲，舊城區燒成一片焦土。當時佐伯家的男丁——佐太吉的兒子，也就是佐吉的父親，不幸在南方島嶼的戰場上戰死，年紀輕輕的佐吉也為國出征。

後來美國在廣島、長崎丟下兩顆原子彈，迫使日本無條件投降。無條件投降是指日本身為戰敗國，投降時不得提出任何條件，在那之後，日本有好一陣子都置身於美軍的占領下。

很多日本士兵都死於戰地，加上死於空襲的人，日本的死亡人數高達三百萬人左右。

在這樣的情況下，佐吉居然能活著回到日本，簡直跟奇蹟沒兩樣。當佐吉走過燒成一片焦土的市區，回到這棟房子前，看到倖免於難的家時，不由得放聲大哭。

在家等待佐吉歸來的家人聽到哭聲，衝出來看。佐吉在家人的簇擁下，走進和室，自言自語的說：「託各位的福，我回來了。」

大家靜靜的聽爺爺說。

佐吉看得見家守神，所以肯定能感受到他們守護這個家，如今只有我知道這件事，但這可是非常重要的事。

阿藤小姐說過，如果身為守護神的他們遭到破壞，這個家就會完蛋，更重要的是，他們想留在這個家裡。

「雖然我才剛加入這個家……」

我又看了爺爺一眼。

「我想住在這個家裡，不是新家，而是父親和爺爺長大的家。」

或許是沒想到我會這麼說，大家驚訝得說不出話。

「小拓。」

奶奶起身，握住我的手。

「我好驚訝！因為你前幾天才說家裡有鬼，我還以為小拓不喜歡這麼老舊的房子。」

「當時真的很抱歉，我以為有什麼髒東西，但其實只是庭院裡的樹影搖曳，或是有鳥飛過而已，是我太大驚小怪了……」

「要你住在這麼古老的房子，實在太委屈了。」父親搔搔頭說。

「拓。」爺爺慢條斯理的開口，接著說：「房子這種東西啊，並不是可以永久保存的東西。這棟房子已經有一百年的歷史，外觀雖然老舊，但還算堅固，我們也很用心維護，但真正重要的是，住在這裡的人都很珍惜這個家，你說的有道理，我們也要繼續珍惜這個家才行，感謝你讓我明白這個道理。」

「爺爺。」

「好，那這個家就不改建了，雄一、真由，可以嗎？」

「當然可以。」

媽媽搶先回答。

「剛才這番話真是太感人了。」

「拓，謝謝你。」

父親把手放在我的肩膀上。

「拓，你跟我們說話，終於變得比較親近自然了。」

爺爺面向我，臉上露出如釋重負的表情。這麼說來，我一直提醒自己，要禮貌恭敬的跟爺爺奶奶說話，可是剛才太專心了，顧不了這麼多。

「嗯，這樣比較輕鬆。」

聽我這麼說，大家都笑了。

「啊，對了！」

「怎麼了？」

「父親，下次可以再做可樂餅給我吃嗎？我想吃你做的可樂餅。」

「沒問題，包在我身上。」

「雖然我現在還沒出師，但總有一天，也會讓你們吃到我打的蕎麥麵。」

就連爺爺也開起玩笑。

「嗯。」

「那我們就不抱希望的等著了。」

奶奶莞爾一笑，我也笑了。

「父親、媽媽，恭喜你們結婚。」

之前一直說不出口的祝福，總算好好表達出來了。

聽老師說，從學校樓梯摔下來的風花，只有扭到腳而已並無大礙。

不過，她現在要走到學校還是太吃力了，所以要休養幾天。

「我們去探病吧！」

不知吹什麼風，平井主動找我去探病，大概是沒勇氣自己去。話說回來，又不是骨折，後天應該就能上學了，有必要特地去看她嗎？

「平井你也太容易被人看穿心思了吧！」

轉學當天，給我看風花筆記本的女同學，調侃的說。

「就是說啊，真有趣！」

我也忍不住笑了，心想平井一定很喜歡風花。

平井是班上最早跟我說話的人，雖說是因為我們坐得近的關係。

不過，他想到什麼馬上表現在臉上，是個表裡如一的好人。

「我覺得風花也很有趣呢！」

我刻意說得很大聲，讓大家都能聽見。等風花回來學校上課，如果又被人欺負的話，我要鼓起勇氣阻止欺負她的人，這次就是預先的練習。

「這我當然知道啊！」

女同學們的回答，出乎我預料。

「因為她很奇怪，忍不住想捉弄她一下而已。」

也有人回說：「沒想到剛轉來的佐伯同學會這麼說。」

太好了，看樣子只要好好說，還是能溝通的。楠老師也說過，人的心情看不見，所以才需要用言語表達。

放學後，我先回家一趟，再與平井碰頭，前往克拉拉美容院。

推開門，風鈴發出叮叮噹噹的清脆響聲，正在為客人吹頭髮的風花媽媽，轉頭說：「哎呀！小新，好久不見了，快進來，風花在裡面。」

「您好，我叫佐伯拓。」我向風花媽媽打招呼。

「你是宏子他們家新來的孩子吧！」

媽媽說的果然沒錯，壽商店街的居民彼此都很熟識。走進後面的房間，風花的腳踝貼著藥膏，正在看書。

「哇，你們來啦！」風花說道，闔上書。

《妖怪原來如此大百科》的書名，映入眼簾。

「你真幸運，摔成這樣居然沒骨折。」平井說道。

「那個後來怎樣了？」

風花迫不及待的問我付喪神的事，她關注的焦點果然還是在妖怪身上。

「那個是哪個？」

平井顯然很不甘心，我和風花說著他聽不懂的話。可是，如果告訴這傢伙我們家有家守神的事，肯定會引起軒然大波。因此，風花開始顧左右而言他、喃喃自語。

「好熱啊！小新，可以請你問我媽，家裡有沒有冰淇淋嗎？」

「可以啊！」

平井興致勃勃的下樓，沒多久馬上就回來了。

「伯母說冰淇淋剛好吃完了，我跟伯母拿錢去買吧！」

說完就出去了。

風花早就知道冷凍庫沒有冰淇淋了，這麼說只是為了有機會跟我單獨說話。不愧是青梅竹馬，完全掌握駕馭平井的要領，我也趁機告訴風花家裡發生的事。

「家守神！付喪神是家的守護神？啊，真想快點治好腳傷，去你家玩！」

風花聽得眼睛都亮了。

如果是風花，即使看不見，應該也能感應到那些人的存在吧！我也很期待。

又過了幾天，奶奶說要跟女性友人聚會，神采飛揚的出門了。爺爺一樣要出門，練習打蕎麥麵，順便在蕎麥麵店幫忙，家裡現在只剩下我一個人……

這種時候，家守神就會大搖大擺的現身。瞧，和室簡直快變成菜市場了。

我走過去一看，只見鶴吉先生穿著馬球衫和卡其褲，阿藤小姐笑咪咪的看著他。

原來，鶴吉先生也學阿藤小姐的做法，穿起父親的衣服。

「拓，再去拿你媽媽的衣服過來。」阿藤小姐命令我。

「我呢？我也要，我想穿裙子。」

嗯，如果我拜託風花，或許能拿到女生穿的裙子。但是，應該只能穿佐伯家的衣服，才能打扮吧？

可是，看見金魚小妹在和室裡走來走去，榻榻米上留下斑斑水漬，看起來好開心，我還是先別跟她說這件事了。

不只金魚小妹，大家都很快樂的樣子，真是一群熱鬧的家守神。

「拓，說不定你真正的力量，接下來才要發揮呢！」鶴吉先生說著我聽不懂的話。

但我已經受夠這些騷動了。總而言之，我在佐伯家的生活，才剛揭開序幕，為何只有我看得見這些「人」，至今仍是個謎題。

拓的 家守神調查紀錄

以下是我為大家調查整理，佐伯家的家守神。
雖然還有很多不了解的地方，
但為了接下來的生活，我們還是先認識一下吧！

告訴我！風花老師！

什麼是付喪神？

是指完成後經過上百年，已經擁有人格的「物品」，屬於妖怪的一種。比較常看到的是，從鍋子或琵琶長出手腳的模樣，具有各式各樣的形態。

什麼是家守神？

佐伯家的付喪神似乎非常特別，可以從「物品」上描繪的圖案跑出來，變成人形！他們全部出自於江戶時代的畫師「信山勘兵衛」之手，祕密或許就藏在這裡呢！

他們以身為佐伯家的守護神，感到相當自豪，稱自己為「家守神」。啊，我好想親眼看到他們啊！

拓's memo

- 一般人看不到（目前只有我看得見他們，風花雖然看不見，卻可以感應到他們的存在）。
- 變成家守神跑出來後，本體上的圖案就會消失。
- 把衣服（或布）覆蓋在本體上，就能擁有實體，其他人也能看見他們（僅限於佐伯家人的衣服嗎？這點還要確認！ by 風花）。

佐伯家的家守神
鶴吉先生
（紙門的付喪神）
長得非常帥，是個很靠得住的大哥哥。變成鶴的時候，可以飛到很遠的地方，似乎對我有很多期待。
龜吉先生
（紙門的付喪神）
老實又溫柔的大哥哥。因為佐伯家祖先的甚兵衛，剛好披在他身上，起初只有他有實體，也因此許多麻煩事都落到他頭上。
阿藤小姐
（花瓶的付喪神）
有點（非常？）凶的姊姊，可以從手臂伸出藤蔓，但好像沒有右手……
金魚小妹
（畫軸的付喪神）
說著一口方言的可愛小女生，走路的時候會留下水漬，不過很快就消失了。

肖像畫

什麼！你要幫我畫肖像畫？
唉
真拿你沒辦法，那就給你畫吧！
哇啊～～
哇啊啊啊～～～
風花在看我！
喂！
好幸福啊！
小新，別亂動啦！
妖怪風的肖像畫!?
平井高興就好……
嗯——

打扮

如果家守神熱愛打扮……
想像看看吧！
好看嗎？
好可愛！那衣服從哪來的？
我是不是很有型！
哇！好帥啊！
那衣服從哪來的!?
真有你的，鶴吉！
真不賴！
閃亮
哇！好美啊阿藤！
……
雖然是我自己的想像……
呵呵呵
那些衣服從哪來的～～!!!
拓，你怎麼了？

故事館 010

家守神 I：暗藏神秘的百年之屋

家守神 1：妖しいやつらがひそむ家

作　　者　扇柳智賀
繪　　者　富井雅子
譯　　者　緋華璃
語文審訂　張銀盛（臺灣師大國文碩士）
責任編輯　陳鳳如
封面設計　黃淑雅
內頁排版　連紫吟・曹任華

出版發行　采實文化事業股份有限公司
童書行銷　張惠屏・侯宜廷・林佩琪
業務發行　張世明・林踏欣・林坤蓉・王貞玉
國際版權　鄒欣穎・施維真・王盈潔
印務採購　曾玉霞・謝素琴
會計行政　許俽瑀・李韶婉・張婕莛
法律顧問　第一國際法律事務所　余淑杏律師
電子信箱　acme@acmebook.com.tw
采實官網　www.acmebook.com.tw
采實文化粉絲團　http://www.facebook.com/acmebook01
采實童書FB　https://www.facebook.com/acmestory/

I S B N　978-626-349-229-5
定　　價　320 元
初版一刷　2023 年 4 月
劃撥帳號　50148859
劃撥戶名　采實文化事業股份有限公司
104台北市中山區南京東路二段95號9樓
電話：(02)2511-9798　傳真：(02)2571-3298

國家圖書館出版品預行編目資料

家守神 . 1, 暗藏神秘的百年之屋 / 扇柳智賀作 ; 富井雅子繪 ; 緋華璃譯 . -- 初版 . -- 臺北市 : 采實文化事業股份有限公司, 2023.04
288 面 ; 14.8×21 公分 . -- (故事館 ; 10)
譯自 : 家守神 . 1, 妖しいやつらがひそむ家
ISBN 978-626-349-229-5(平裝)
861.596　　112002697

線上讀者回函

立即掃描 QR Code 或輸入下方網址，連結采實文化線上讀者回函，未來會不定期寄送書訊、活動消息，並有機會免費參加抽獎活動。

https://bit.ly/37oKZEa

故事館

故事館

故事館

故事館